Fidel Arturo Schaposnik es doctor en física por la Universidad Nacional de La Plata, donde trabaja como profesor y como investigador de la Comisión de Investigaciones Científicas de Buenos Aires. Fue becario del CONICET de Argentina, de la Fundación Marie Curie de Francia y de la Fundación Guggenheim de los Estados Unidos. Fue profesor de la Universidad de París VI, en Francia, e investigador invitado en diversos centros y universidades europeos, latinoamericanos y estadounidenses. Dirigió numerosas tesis de doctorado en física de la Universidad Nacional de La Plata, de Buenos Aires y del Instituto Balseiro. Es autor de publicaciones científicas en revistas internacionales en colaboración con más de noventa físicos y matemáticos de todo el mundo. Investiga en el área de la física de partículas y campos, incluidas aplicaciones a la gravitación, la cosmología y la materia condensada.

Fidel A. Schaposnik

De la Tierra a un Agujero Negro

Un viaje hacia los confines del Cosmos

SCHAPOS.
PUBLISHING

Schaposnik, Fidel Arturo
    De la Tierra a un agujero negro / Fidel A. Schaposnik –1ª ed. -
Chicago, USA : Schapos Publishing, 2021.
306 p. ; 178 × 111 mm.

ISBN 978-1-7370584-0-3

Library of Congress Control Number: 2021937575

1. Narrativa. I. Título.
CDD 863

Primera edición: mayo de 2021

Publicado por Schapos Publishing, Chicago, USA.
info@SchaposPublishing.com

Editado por Fidel I. Schaposnik Massolo.

ISBN 978-1-7370584-0-3

Diseño de tapa incluye:
    Imagen de la Tierra © NASA / Reid Wiseman
    Imagen de un agujero negro © Fidel I. Schaposnik Massolo

Los datos utilizados para realizar la ilustración de tapa fueron generados por
Ben Prather (University of Illinois) utilizando HARM [1], y la imagen final
fue obtenida utilizando RAPTOR [2].

[1] C. F. Gammie, J. C. McKinney y G. Toth, "*HARM: A Numerical scheme
for general relativistic magnetohydrodynamics*," Astrophys. J. 589 (2003)

[2] T. Bronzwaer, Z. Younsi, J. Davelaar y H. Falcke, "*RAPTOR II: Polarized
radiative transfer in curved spacetime*," Astron. Astrophys. 641, A126 (2020)

para Laura, Fidel y Paula

CAPITULO I

Los gordos

FINALMENTE llegó el día en que el cartero entregó, temprano en la mañana, el paquete del encargo que Alberto había hecho a Amazon.com. Era el libro más completo en el que se reproducían los artículos de Tsiolkovsky. Su título en inglés era *Selected Works of Konstantin E. Tsiolkovsky*.

Sin abrir el paquete corrió en busca de Fatiah. Como era sábado la encontraría en la casa de la tía Juana, seguramente durmiendo. Quería que lo ayudara a traducir algunos de los ensayos que necesitaba leer, particularmente el 26, que Konstantin Eduardovich titulaba *La aparente y prolongada eliminación de la gravedad terrestre es imposible*.

Como ocurría todos los fines de semana, la tía Juana debió despertar a Fatiah. Lo hizo contenta porque así podría airear el dormitorio antes de las dos de la tarde, la hora en que generalmente la chica abandonaba la cama cuando no debía ir al hospital. Se sentaron en la cocina mientras Juana les preparaba un té y tostaba unas rodajas de pan. Fatiah fue quien abrió el compacto paquete del envío, rasgando el envoltorio de plástico con sus largas uñas pintadas de azul oscuro, el color de siempre, azul oscuro, que no cambiaba a pesar de las muchas veces que Alberto le había pedido que lo hiciera.

Desde la tapa del libro los miraba un barbudo y sonriente Konstantin Eduardovich, como si estuviera feliz de llegar a la cita y participar del desayuno. El inglés de Alberto no era fluido y fue Fatiah quien comenzó a traducir en voz alta el capítulo 26. Todavía semidormida, leía lentamente y con voz apagada hasta que Alberto la apuró para llegar rápidamente al hueso del asunto.

El ensayo comenzaba con lo que Fatiah consideró divagaciones sobre torres tan altas como para que la fuerza de atracción gravitatoria disminuyera lo necesario para que fuera posible lanzar desde ellas un cohete gastando un mínimo posible de combustible. Explicaba que a más de 32.000 kilómetros respecto de la superficie de la Tierra, una distancia equivalente a alrededor de cinco veces la medida de su radio, esa fuerza sería casi nula. Quedaría la atracción de la masa del Sol y otros planetas, pero como la torre se movía de manera sincronizada con la Tierra su rotación generaba una fuerza centrífuga que hacía posible lanzar cohetes que llegaran mucho más lejos que si se lo hiciera desde la Tierra.

En palabras del propio Tsiolkovsky, en su libro *Especulaciones sobre la Tierra y el cielo*, escrito seis años después de la construcción de la torre Eiffel a su regreso de la visita que hizo a París, lo que sucedía era que 'finalmente el peso desaparece en el extremo de una torre con una altura de cinco veces y media el radio de la Tierra, el equivalente a 34.000 verstas desde la superficie terrestre; la Luna se encuentra once veces más lejos.'

Esas 34.000 verstas que utilizaba Konstantin Eduardovich en su ensayo, equivalían a 35.786 kilómetros. Todos sus cálculos estaban hecho con esa antigua unidad de medida abolida en 1918 por un decreto del Soviet de Comisarios del Pueblo. Todavía debían pasar muchos años para que esa altura fuese conocida como la de las órbitas geoestacionarias por las que hoy, generalmente sobre el ecuador, giran los satélites artificiales en el mismo sentido con que gira la Tierra, de oeste a este, y con su mismo período de rotación, que medido con relación a una de las llamadas estrellas fijas es de 23 horas, 56 minutos y 4,1 segundos. Esos satélites son los que se utilizan para comunicaciones, estudios meteorológicos, difusión de televisión y demás.

Alberto interrumpió a Fatiah para confirmar el cálculo de esa distancia pero el resultado que obtuvo fue bastante diferente, seguramente algo había fallado en sus cuentas. Mientras lo hacía, Fatiah aprovechó para poder comer las muchas tostadas que la tía Juana había dejado sobre el gastado plato con el dibujo de dos mujeres chinas que desde hacía siglos nunca lograban terminar de cruzar el puente curvo sobre un riacho.

Lo que Konstantin Eduardovich describía en ese ensayo no era otra cosa que uno de sus experimentos mentales. Pero según había leído Alberto en un artículo que había encontrado en la vieja enciclopedia alemana de la familia, las ideas allí expuestas llevaron muchos años después a otros inventores primero, e ingenieros después, a la propuesta de reemplazar la torre por un satélite en una órbita geoestacionaria de la cual colgaría un cable que permitiría a un ascensor llegar a regiones donde las fuerzas gravitatorias fueran despreciables. Esta idea fue originalmente propuesta por un ingeniero también ruso, Yuri Nikoláyevich Artsutánov, quien afirmaba que tirado hacia arriba por ese cable el ascensor podría subir equipo y personas hasta la órbita de la Tierra a un costo muy inferior al de los cohetes.

Yuri Nikoláyevich publicó su propuesta bajo el título de *Al espacio en una locomotora eléctrica* el 31 de julio de 1960 en el diario *Komsomolskaya Pravda*. Su idea partía de un satélite estacionario a 36.000 kilómetros de la Tierra, distancia a la que la fuerza gravitatoria es igual a la centrífuga y la duración para cumplir una órbita coincide con lo que tarda la Tierra en dar una vuelta completa. El éxito que había tenido la Unión Soviética al poner en órbita al satélite artificial Sputnik 1, ganando la carrera mantenida desde hacía años con los Estados Unidos, que recién pudo poner en órbita a su primer satélite meses después, hacía pensar a los ingenieros y científicos rusos que todo era posible.

Extendiéndose desde el satélite habría kilómetros y kilómetros de cable de manera que el extremo inferior se enganchara en la superficie de la Tierra. El sistema como un todo, satélite, cable hacia abajo y cable hacia arriba formaría una unidad que rotaría con la misma velocidad que la Tierra. El cable estaría completamente tensado pues en cualquier punto más allá de los 36.000 kilómetros la fuerza centrífuga es mayor que la de la gravedad.

Por eso el extremo del cable en la parte de arriba no necesita estar atado, colgaría como si lo hiciera de un gancho fijado en los cielos.

Para acceder al espacio se usaría entonces un vehículo de propulsión eléctrica que subiría con carga y tripulación desde la superficie hasta el satélite en unos pocos días, una semana aproximadamente. O sea que en realidad la idea más aceptada en todos los artículos que Alberto había analizado es la de que no se trata de un ascensor en el que el cable tira de la cabina para hacerla ascender sino que es la cabina la que asciende por algún método de propulsión usando al cable como guía, como las vías de un tren lo hacen con la locomotora y sus vagones.

Para que el ascensor pueda servir para llevar objetos al cosmos se requiere entonces para elevarlo contar con una fuente de energía. Pero esa energía será gastada solamente en la sección inferior del cable, desde la Tierra hasta el satélite porque por encima de este la fuerza centrífuga, como dijimos, excede a la de la gravedad y el objeto ascenderá gracias a ella. Al moverse en esa parte superior, el objeto ganará energía que de hecho puede ser acumulada en una central que alimente el ascensor en la parte inferior. Con ello el gasto de energía en

Al espacio en una locomotora eléctrica

esa etapa puede reducirse a un mínimo e inclusive, con cables que asciendan a distancias mayores a 144.000 kilómetros se produciría un excedente. Según los cálculos de Yuri Nikoláyevich en un mes el ascensor podría llevar 360.000 toneladas de carga.

Justamente en el momento en que Fatiah leía el número de toneladas que el artefacto podía transportar a lo largo de un mes el insistente sonido de un timbre interrumpió el desayuno. Juanita corrió apurada para compensar sus cortos pasos. Volvió nerviosa a anunciar una visita para Fatiah. Iba a dar el nombre cuando detrás de ella entró a la cocina el técnico en informática Aníbal Marlagonosi, como se presentó a Alberto mientras extendía decididamente su mano derecha. Mientras lo hacía, Fatiah explicó a su tía y a Alberto que Marlagonosi era un compañero de trabajo que se encargaba de mantener funcionando la red de computadoras del hospital. Pero sus habilidades se extendían, aclaró, al aparataje que ella usaba para calibrar las dosis de radiación que tenían que aplicar a los pacientes.

Adivinando cierta tensión entre los tres, Juanita ofreció un café a quien llamó, confundida, señor Lagomarnosi, que igualmente se dio por aludido y aceptó. Fatiah anunció que iría a cambiarse de ropa pues, explicó, habían planeado una salida esa mañana para que Aníbal le aconsejara, como experto que era, qué teléfono celular comprar. Volvió en pocos minutos, todavía el café no estaba listo pero ella prefirió salir inmediatamente, antes de que los negocios de Berazategui cerraran, respetuosos que eran del sábado inglés, como le aclaró en esos términos la tía Juanita, así la llamaba Alberto, cuando quedaron solos en la cocina ella y su sobrino.

Mientras tomaba el café originalmente destinado a Marlagonosi, Alberto se convenció que algo complicado estaba sucediendo. Y no era porque Juanita actuaba como si fuera la tía de Fatiah y no la suya al tratar de justificar que los hubieran abandonado en medio del desayuno. Sino porque la mirada arratonada de Marlagosino lo había preocupado, seguro como estaba de que no era un interés por Fatiah como mujer la que lo había llevado esa mañana a buscarla. Casi no habló con su tía mientras terminaba, desganado, el desayuno. Ya estaba en el zaguán cuando, mientras la besaba, Alberto le pidió a su tía que cuando Fatiah regresara lo llamara. Comenzaba a lloviznar por lo que decidió apurarse y regresar a su casa protegiendo el libro debajo de su camisa.

Al entrar a su cuarto, un quincho transformado

en dormitorio en el fondo del jardín de la casa de su familia, sin cambiarse la ropa apenas húmeda, siguió leyendo el libro de Tsiolkovsky. Pero no lograba concentrarse en el complicado asunto del grosor y resistencia del cable que formaba parte del ascensor. La imagen de Fatiah y el técnico Lagomarnosi alejándose de la casa de Juanita interrumpía una y otra vez sus intentos por entender el difícil inglés y las difíciles argumentaciones que llenaban hojas y hojas del libro.

Leía el ensayo de a ratos, tirado en su desordenada cama, pero interrumpía continuamente la lectura para tratar de dormir y olvidar lo sucedido durante el desayuno. Finalmente lo logró. Lo despertó el sonido de su teléfono celular. Cuando logró encontrarlo entre las sábanas ya era tarde. El número de la llamada perdida no era ninguno de los de su agenda. Esperó terminar de despertarse para intentar llamar a ese número, y mientras lo hacía se esperanzó con que la llamada proviniera del nuevo teléfono que habría comprado Fatiah. Cuando logró finalmente comunicarse, en lugar de escuchar a Fatiah, fue la voz aguda de un hombre quien le respondió con un 'Hola Alberto, necesitamos hablar con vos. Te esperamos en el bar *InfusionArte*. Allí donde tomaste el té con tu amiga.

De ella queremos hablarte. No tardes, no tenemos todo el día.'

Casi corriendo y sin siquiera atarse los cordones de las zapatillas, Alberto abandonó su casa preocupado, pensando en un secuestro, en un problema inmigratorio, en un accidente... ¿Qué otra cosa podía explicar la llamada que había recibido? En unos minutos llegó al bar. No fue difícil identificar a quien lo había llamado, no porque el bar estuviera vacío sino por la extraña vestimenta de dos hombres con sombrero que le sonrieron al verlo entrar.

Los sombreros lo desorientaron. No eran los sombreros de lluvia que de vez en cuando podían verse en abril, el mes que en Berazategui llamaban "de los chaparrones", siendo quienes los usaban en general de edad avanzada. Sombreros como los que se ven en viejas películas de cine argentino, siempre brumosas, que pasan incansablemente en el canal local, con una hendidura en la copa. Los sombreros eran idénticos aunque el ala de uno de ellos estaba levemente inclinada hacia abajo, casi escondiendo los ojos mientras que en el otro, el ala estaba inclinada hacia arriba. El resto de la ropa de los dos hombres gordos, casi idénticos, era la que cualquier habitante de Berazategui hubiera usado en esa época del año. Pero los sombreros estaban fuera de lugar en ese lugar y ese tiempo. Una psicóloga actuando como perito de la justicia hubiera afirmado que ninguno de los dos personajes se orientaba en tiempo y espacio.

Mientras se acercaba a la mesa, indeciso, Alberto recordó la imagen de Hugo del Carril y Ubaldo Martínez en la película *Amalio Reyes, un hombre* que habían pasado el sábado anterior en el programa *Tu platea* del canal *Tu TV*. Del Carril, que representaba a un malevo elegante, aparecía con un sombrero parecido al del gordo más gordo. El del gordo apenas más flaco era chato, con la parte delantera del ala apenas levantada, lo que le daba el aire de campesino inocente pero sabio, el eterno personaje de Ubaldo Martínez que lo usaba calzado hasta la mitad de la frente.

Al verlo dudar sin acercarse, el gordo más gordo, a quien llamaremos GG, invitó con un gesto pretendidamente elegante, a sentarse. 'Sentate pibe' le ordenó el gordo más flaco, a quien llamaremos Gg, con voz aguda. Después de dudarlo unos segundos Alberto obedeció, se acercó a la mesa y se sentó del lado en que estaba Gg, quien por su menor volumen dejaba más espacio.

En la mesa había dos tazas del café que en Berazategui, como en el resto del país, llaman americano para referirse a lo que la tía Juana catalogaría más correctamente de 'café a la norteamericana, bien lavado'. Gg se encargó de hacer señas al mozo y cuando este se acercó, le ordenó guiñándole un ojo al mozo y sin consultar a Alberto 'Una lágrima para el joven.'

El mozo apareció con el café ordenado en tan poco tiempo que Alberto supuso que debía ser recalentado. GG comenzó su explicación recién cuando Alberto dio el primer sorbo al café y descubrió que se había equivocado: no estaba mal.

'No tenés nada de qué preocuparte pibe, vos estás limpio. Un amigo nos lo averiguó' aclaró para luego describir el resultado de la investigación. 'Un angelito, nos dijo después de haber hecho una ambiental por el barrio. Lo que nos preocupa es tu nueva amiguita. Bah, no tan amiguita, es bastante más grande que vos. Quiero decir, de edad…'

Antes de que Alberto pudiera reaccionar el otro gordo repitió, en algo que pareció dirigido a todos los presentes en el bar dada la amplia mirada que cubrió casi 360 grados y en un tono que aseguraba ser escuchado: 'Nos preocupa la amiguita.'

Finalmente Alberto logró intervenir preguntando: '¿Dónde está Fatiah? ¿Le pasó algo?'

'Eso es lo que queremos saber, pibe. Y por eso estamos escarbando. Y no nos queda más remedio que hacerlo con vos. A vos llegamos por ella y a ella por Marlagosino, ese al que llaman Cerebrito, que apareció de la nada en el hospital dos días antes que tu amiguita y enseguida lo contrataron para las computadoras, dijeron los de la recesión.'

'Dos días antes,' repitió Gg en lo que evidentemente era el tono habitual en que hablaba.

'Este habla a unos 67 decibeles, casi 20 más que los de una conversación normal,' pensó Alberto que, como ya sabemos, podía haber desatendido muchas clases en la escuela pero nunca las de física.

'El problema principal es Marlagosino,' siguió GG. 'A él lo marcaron cuando entró al país con pasaporte italiano, aunque no se sabe si de nacimiento es argentino, uruguayo o cordobés,' esto último entre risas. 'El de inmigraciones escaneó mal, no se sabe si por error o porque lo aceitaron pero lo que figura en la computadora está todo borroso. Nosotros ya lo estábamos esperando cuando salió al hall de Aeroparque, teníamos una foto clarita y desde ese día no le perdemos pisada. Tres meses detrás de él. Y nada. No se sabe nada... Hasta que un buen día toma el tren de La Plata a Berazategui y aquí está Cerebrito, laburando en un hospital, en el asunto de las computadoras y de amigo de la chica no bien ella llega. En la planilla del hospital puso que nació en Córdoba pero no le creemos ni a él ni al empleado que le tomó los datos para el contrato, que es medio analfabeto, como pudimos comprobar.' Alberto decidió interrumpir el detallado relato de lo que el más gordo ignoraba y de lo que sabía con una segunda pregunta, la que desde que se sentó en la mesa de los gordos quería hacer: '¿Y ustedes quiénes son? ¿Por qué lo siguen a ese hombre, por qué aparece Fatiah en la historia, por qué me hacen venir a mí?'

'¡Quiénes somos!' le responde Gg ya ahora gritando lo suficiente para que la atención de todo el bar se centre en el extraño trío de la mesa 2. 'Ponele que somos dos amigos tuyos. O de la chica, es lo mismo porque ustedes dos ya se encamaron así que lo que sabe uno lo sabe el otro, salvo alguna trampita que vos le estés haciendo con otra noviecita que puedas haber tenido, como la ayudante del estilista Ramón, ¿Melina se llama, no? Porque por ahora ella trampitas a vos no te hace, quedate tranquilo que te lo digo yo. Porque eso es lo raro, con este Marlagosino no pasa nada, quiero decir, no hay encame. Y esa es otra cosa que nos preocupa: ¿Por qué carajo el tipo la revolotea? De todas las enfermeras y doctoras que hay en el hospital, algunas rubias, bah, teñidas, pero blanquitas, preparadas para todo se viene a enganchar con una marroquí…'

'Argelina,' lo corrige Alberto intentando detener la catarata de información irrelevante que ya lo tiene agotado. Pero Gg sigue como si nada: 'Argelina, marroquí, es todo lo mismo. Son todos árabes, turcos. Y este es un momento peligroso con los árabes. De arriba los jefes te mandan mails por docenas, que por la triple frontera entró un NN del ISE o algo así, que en la filial de la Sociedad sirio–libanesa de San Pedro se está cocinando algo, los viernes se llena de gente que viene de Rosario, no damos abasto con toda la información trucha que tenemos que procesar. Y lo que se cocina no son esas comidas raras con carne cruda que le gustan a los turcos. Pero quedate tranquilo, aquí el que nos interesa es Lamargosino, no la turca. Y te llamamos a vos porque a partir de ahora pasas a ser nuestro informante. Cualquier cosa que diga o haga la chica que tenga que ver con Marlagosino y te llame la atención nos llamas desde este telefonito que te estoy regalando. Desde este telefonito no podés hacer llamadas a nadie más que a nosotros, está tocado, me entendés. Te vamos a atender o yo o el gordo. Y nosotros te vamos a llamar solamente a ese telefonito. Si alguien te llama por este asunto al tuyo, no respondas y pasanos el número del tipo, que nosotros nos ocupamos. Si todo va bien para ustedes un día te llamamos y te avisamos que tires el chip del telefonito. Y nunca más se habla del asunto. Y te podés quedar con el teléfono. Bueno pibe, ya nos hiciste perder bastante tiempo, paga la cuenta vos que nosotros nos tenemos que ir.'

Diciendo eso los dos gordos se pararon al unísono y, saludando con leves toques al ala del sombrero, se despidieron de Alberto, de los mozos y de quienes ocupaban las mesas del bar.

Alberto los vio subir por las puertas traseras a un Renault modelo Fluence bastante maltrecho, negro con vidrios del mismo color (o ausencia de color, se corrigió Alberto). Al partir, el auto negro solo dejó ausencia de información como si fuera un agujero negro que se llevó los irrecuperables datos que tenían los gordos sobre Cerebrito y la turca y el oscuro asunto que tendrían entre manos según estos gordos. De hecho, al telefonito lo llamaron una única vez y nunca entendió cómo fue que esa información pudo escapar del agujero negro.

Pero antes de continuar con este relato, debemos ir hacia atrás en el tiempo, ya que el principio de causalidad no es impedimento cuando se trata de describir hechos históricos, no de viajar hacia el pasado sino recordar.

CAPITULO 2

Albert Einstein en el Hotel Savoy

Es bien sabido que hay al menos dos hoteles Savoy, uno en Inglaterra y otro en Argentina. Si bien Einstein nunca se alojó en el costoso Savoy de Londres, asistió en octubre de 1930 a una cena de beneficencia organizada allí para recaudar fondos de ayuda a refugiados de Europa del Este. Anunciado como un banquete en su honor, quien habló a los postres fue su amigo Bernard Shaw quien comparó a Napoleón y otros grandes hacedores de imperios con ocho hombres a los que llamó hacedores de universos: Pitágoras, Ptolomeo, Kepler, Copérnico, Aristóteles, Galileo, Newton y Einstein... 'y me quedan aún dos dedos vacantes,' agregó entre risas del público.

Entre esos ocho nombres Shaw precisó que Newton y Einstein eran los verdaderos hacedores de universos catalogando a los otros como apenas 'reparadores.' Y aclaró que el universo de Newton había durado trescientos años. En cuanto a la duración del de Einstein, si bien admitió que seguramente la audiencia querría que afirmara que nunca habría de perimir, aclaró que desconocía cuánto duraría. Y continuó así:

'Por 300 años creímos en el universo de Newton como supongo ningún sistema fue creído antes. Yo fui educado en él y ello me hizo creer firmemente en él. Luego vino un joven profesor que dijo muchas cosas y lo llamamos un blasfemo. Proclamó que la teoría de la manzana de Newton estaba equivocada.'

Siguió Shaw relatando su supuesto diálogo con Einstein: '¿Qué dijo Einstein? que Newton no sabía lo que sucedía con la manzana y "yo puedo probar esto cuando ocurra el próximo eclipse." Le respondimos que la próxima cosa que usted hará es cuestionar la ley de gravitación. El joven profesor apenas contestó: "No, yo no pretendo hacer daño a la ley de gravitación. Pero por mi parte no la necesito." ¿Qué quiere decir "no la necesito"? le retrucamos. Respondió Einstein: "Yo le puedo contestar eso, pero luego".'

El eclipse al que refería Shaw ya había tenido lugar once años antes y de hecho fueron organizadas dos expediciones para observarlo desde la

Newton y Einstein, hacedores de universos

Isla del Príncipe, cerca de las costas de África, y desde la ciudad de Sobral, en las costas de Brasil. De acuerdo a la teoría de la relatividad general de Einstein las posiciones de las estrellas cuyos rayos de luz pasaran cerca del Sol aparecerían levemente corridas porque su luz se curvaría por la fuerza gravitatoria de la gran masa solar. Sí, ¡también la luz sentía la fuerza gravitatoria! Es cierto que la teoría de la gravitación de Newton predice también que la luz se curva, solo que el valor correcto de la curvatura es el que predice la teoría de Einstein y no el que da la de Newton.

A pesar de ser pequeña, la desviación que midieron era el doble de la predicha por la teoría de Newton. Hoy sabemos que Sir Arthur Stanley Eddington, el responsable de organizar las expediciones que pagó el Reino, alteró levemente las mediciones para que su coincidencia con las predicciones de Einstein fuera más convincente.

Que los GPS de nuestros teléfonos móviles funcionen con la precisión que tienen hoy para localizar un objeto es una confirmación mucho más precisa de la teoría de la relatividad general, como también se conoce a la teoría de la gravitación de Einstein, que aquella que surgió de las expediciones que organizó Eddington. Sin ella y sin la primera de las teorías de la relatividad, la llamada restringida que planteó Einstein once años antes, no se podrían efectuar las correcciones originadas por la discrepancia entre la medida del tiempo en los satélites que envían la información y la del reloj de nuestros teléfonos móviles, por moverse con velocidades distintas.

Einstein no cumplió la promesa de responder a la pregunta que plantó Shaw en su discurso durante el banquete del hotel Savoy de Londres. Había intentado hacerlo cinco años antes cuando visitó la Argentina y dictó conferencias en la Universidad de Buenos Aires.

Como en Londres, también fue agasajado en un hotel Savoy, en este caso el de la calle Callao de Buenos Aires. Asistieron a su charla los más reconocidos expertos argentinos en sus dos teorías de la relatividad, ingenieros y físicos todos ellos, profesores en las Universidades de Buenos Aires y de La Plata donde enseñaban esos temas a sus alumnos, entre los que se contaría años después el laureado —como escritor— Ernesto Sábato.

Respecto a las preguntas de la audiencia durante las conferencias, Einstein las mencionó en su diario, que por supuesto era una de sus famosas libretas Brügge, las mismas en que escribió sus apuntes sobre relatividad y que la fábrica explota hasta hoy con su modelo *Relativité*. Escribió con fecha 16 de abril, refiriéndose a la reunión en Buenos Aires con 'destacados' científicos locales, tal como exageraban los diarios de la época: 'Me hicieron preguntas científicas muy tontas, [...] era muy difícil permanecer serio.'

También en alguno de esos diarios apareció el relato de los porteros del hotel sobre un hecho extraño que tuvo lugar en el Savoy de Buenos Aires. Hubo diferentes versiones pero los periodistas que seguían paso a paso a Einstein prefirieron evitarle el mal rato al ministro del Interior Vicente Gallo, aunque finalmente el asunto se hizo público y quizás esa fue la razón por la que el presidente Alvear lo hizo renunciar.

Lo que se sabe del incidente es lo siguiente. Cuando se abrieron las puertas del hotel para que entraran quienes quisieran asistir a la última de las charlas en el Savoy, un hombre joven y vestido con un guardapolvo gris como los que usaban los ferreteros en esos tiempos, fue de los primeros en pasar al hall. Era fácil seguir sus pasos porque el resto de los asistentes vestían la ropa elegante de quienes asistían a los grandes premios del hipódromo de Palermo o a las grandes misas de la basílica del Pilar en la Recoleta. Y las conferencias de Einstein en Buenos Aires eran consideradas como misas laicas, a pesar de que la invitación a viajar a la Argentina había sido hecha por la Sociedad Hebraica Argentina.

Al ver al joven así vestido, uno de los porteros que cuidaba la entrada al salón de conferencias lo detuvo de mala manera indicándole al muchacho de guardapolvo gris que las entregas de los proveedores debían hacerse por la puerta de servicio del hotel y mostrando una identificación especial que se había entregado oportunamente para acceder ese día de gran movimiento.

Como el joven no la tenía, el guardián lo tomó de un brazo para sacarlo a la calle pero justo en ese momento un murmullo indicó que Einstein acababa de entrar y quienes lo rodeaban, empujándose unos a otros para ver de cerca al sabio alemán, hicieron tropezar al empleado, lo que fue aprovechado por el muchacho para mezclarse entre quienes se dirigían al salón de conferencias. Logró ubicarse en un asiento del extremo de la segunda fila, justamente sobre el corredor por el que pasaría Einstein. Cuando esto sucedió el joven Albert Vadden, que como veremos ese era su nombre, extendió su brazo y le acercó un pequeño cuaderno de tapas rojas que logró entregarle. Intercambiaron no más de cuatro o cinco palabras y Einstein, que no parecía sorprendido, asintió, tomó el cuaderno y lo guardó en un bolsillo.

Todo sucedió muy rápidamente segundos antes de que el muchacho fuera sacado a empujones del salón por dos porteros. Quizás algún fotógrafo enviado por uno de los dos diarios que cubrieron el evento pudo tomar una fotografía del momento en que Albert Vadden le entregó la libreta al otro Albert, pero para evitarle al gobierno una queja más sobre la inseguridad decidieron no publicarla.

CAPITULO 3

Karl Schwarzschild y el fuego salvaje

El presidente del club Observadores del Cielo de la ciudad de Berazategui, en el sudeste del llamado Gran Buenos Aires, había elegido al profesor Carlos Marius Amito, uno de los diecisiete socios activos con que contaba, para que dictara una conferencia sobre la vida de Karl Schwarzschild, de cuya existencia se habían enterado en una de las cenas del primer martes de cada mes, cuando alguien asoció el nombre de este físico y astrónomo alemán con la solución de unas ecuaciones de Einstein (que admitió no entender), solución conocida como 'agujero negro de Schwarzschild'.

El profesor Amito encontró en una gastada enciclopedia de astronomía de la Biblioteca Popular Manuel Belgrano, la más importante de Berazategui, los datos necesarios para poder dar, como era su costumbre, una emocionante charla en el ciclo de conferencias que reunía a los socios del club el primer sábado de cada mes, de 18 a 19 horas.

La conferencia sobre la vida y obra de Schwarzschild comenzó con la frase 'Karl Schwarzschild fue un niño prodigio.' Luego de un largo silencio, Carlos Marius Amito se remitió a las pruebas: 'Había publicado dos trabajos sobre órbitas binarias en 1889, antes de cumplir 16 años.' Otro silencio a la espera de las preguntas a las que el Profesor Amito incitaba siempre sin demasiado éxito en sus charlas. No las hubo, a pesar de que seguramente nadie en la audiencia tenía idea de lo que eran las órbitas binarias, las de dos estrellas que orbitaban mutuamente alrededor de lo que los físicos llaman su centro de masa.

Amito lo adivinó y, carraspeando, explicó que se trataba de la unión de dos estrellas que juntas forman un sistema regido por leyes de la gravitación, citando la definición aprendida de memoria que aparecía en un artículo del volumen 2 de una renombrada Enciclopedia, disponible en esos tiempos (ya no más) en la biblioteca Belgrano, cuyo autor era el también alemán, astrónomo y compositor William Herschel.

No fue necesario agregar otros logros para confirmar la genialidad del niño Karl. De hecho, en la ciudad de Berazategui donde tenía lugar la conferencia, abundaban los niños prodigio, o al menos las noticias de los diarios de la región sobre niños prodigio y cómo cultivarlos.

Como siempre hacía en sus conferencias, Claudio Marius Amito no siguió un orden cronológico para contar la vida de Schwarzschild. Retrocedió unos meses en el tiempo para describir con excesivo detalle el instrumento que el joven Karl había diseñado para medir el brillo de más de 3.500 estrellas a partir de placas fotográficas que en esos tiempos eran de muy baja resolución. Recién entonces habló del origen judío de la familia de Karl, instalada en la ciudad de Frankfurt en el siglo XVI.

Karl era el mayor de seis hermanos y cuando murió a los 40 años, luego de haber combatido en el ejército alemán, ya había hecho contribuciones fundamentales para la física y la astronomía de la época. La más reconocida fue la solución que encontró de las ecuaciones con que Einstein había extendido la teoría de la gravitación de Newton.

Schwarzschild había quedado impactado por la idea de Einstein de que el espacio y el tiempo, que eran en la teoría de Newton el mero escenario en que los cuerpos materiales se movían como actores siguiendo el dictado de la obra, pasaran a ser un protagonista central 'en el libreto del cosmos'. Lo del 'libreto del cosmos' fue una emocionada imagen que utilizó el Profesor Amito a la que siguió con '¡Y el cosmos, señores, es una palabra griega que significa "el conjunto de todas las cosas"! Es decir, dijo casi a gritos, ¡el Universo!'

'Damas y caballeros,' continuó con voz cada vez más aguda: 'en medio de las balas y los gases mortales que intercambiaban rusos y alemanes en las trincheras de la Gran Guerra, luego llamada Primera Guerra Mundial, Karl Schwarzschild encontró en 1915 una solución perfecta por ser exacta y esférica, de las ecuaciones que Einstein había propuesto unos meses antes: ¡la del agujero negro que hoy lleva su nombre!' Quedó en un dramático silencio casi un minuto para luego rematar 'Murió un año después' diciendo estas palabras con una voz tan aguda como la de un joven *castrati*.

Luego de los merecidos aunque escasos aplausos, el profesor Amito mostró copias de las primeras publicaciones de Schwarzschild en la revista *Astronomische Nachrichten* (Noticias Astronómicas) y de las traducciones que encargó al Señor Homais, un 'idóneo' de farmacia de origen francés que por alguna razón dolorosa, que no era otra cosa que primero los engaños y luego el suicidio de su esposa, había emigrado a Argentina donde se

había vuelto a casar y tenía una numerosa descen-
dencia. Era de los pocos habitantes de Berazategui
en condiciones de traducir del alemán un trabajo
científico, o al menos así él lo creía.

El presidente del club, que también ocupaba el
cargo de tesorero, se había opuesto al gasto de la
traducción, que era equivalente a la cuarta parte
de los fondos que reunía mensualmente el club de
Observadores del Cielo. Pero no era solo una cuestión financiera la que lo llevó a negar el dinero que
el Profesor Amito le solicitaba para pagar al farmacéutico la traducción. Había adivinado lo que sucedería si el Profesor Amito contara con ella. Y que
sucedió de todos modos porque habiendo puesto
el dinero de su bolsillo, el conferencista contó con
la traducción y se internó en la lectura del primer
trabajo, produciendo un creciente murmullo de la
audiencia que no lograba entender palabra alguna
de lo que el disertante decía, en parte por ignorar
los conocimientos básicos del tema, en parte por la
mediocre traducción de *Monsieur* Homais, como
se hacía llamar por sus amigos el apotecario. Y en
parte porque en realidad Amito tampoco entendía
ni las fórmulas ni las explicaciones que Schwarzschild incluyó en el texto. Sin embargo, el Profesor
Amito se mantuvo indiferente a lo que sucedía en

la audiencia y se tomó cerca de 10 minutos para leer parte del trabajo, quizás para amortizar así el gasto que había tenido que enfrentar ante la negativa del Presidente del club *Observadores del Cielo* de financiar la traducción.

Amito volvió luego al segundo tema de su conferencia, explicando cómo Karl vio por primera vez un telescopio de visita en la casa de amigos de su padre, los Epstein. 'Fue allí donde Paul, el hijo mayor de la familia Epstein, le enseñó a utilizarlo. Desde ese día Paul, dos años mayor que Karl, lo fue guiando por los laberintos de la matemática avanzada, que es la herramienta imprescindible para internarse en los mecanismos del Cosmos,' recalcó el Profesor Amito en su única intervención comprensible para la audiencia que dio en toda la conferencia.

Como solía ocurrir con sus conferencias, Amito se desvió muchas veces del tema central de su charla extendiéndose innecesariamente en los detalles de la vida de Paul Epstein, que fue un matemático reconocido en su tiempo. Señaló que a pesar de estar acorralado por el límite horario impuesto a las conferencias de los sábados, ahorraría parte de la importante lista de hechos que había recolectado sobre los teoremas, lemas y proposi-

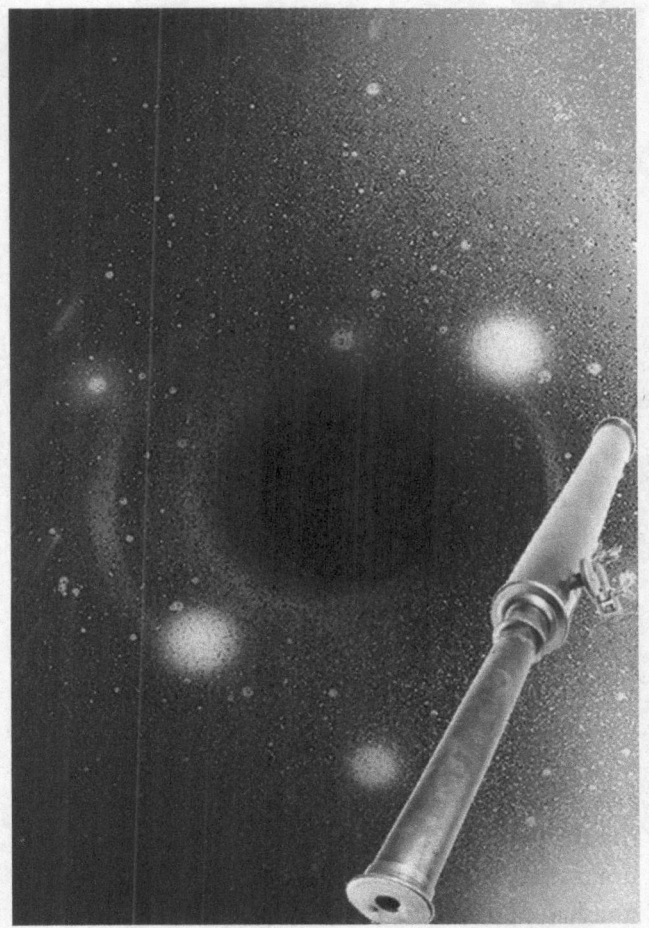

Karl Schwarzschild vio por primera vez un telescopio

ciones que dieron renombre a Epstein. Solo decidió mencionar a la famosa función zeta de Epstein, conectada a la aún más famosa función de Riemann y su conjetura, cuya prueba no ha sido encontrada desde que el genial Bernard Riemann la formulara en 1859, y que el gran matemático Sir Michael Atiyah afirma haber probado en 2018, aunque muchos duden de su derivación.

El otro importante suceso de la vida de Epstein, o mejor dicho de su muerte, también fue contado en un tono esta vez lúgubre por el Profesor Amito. 'Se trata,' explicó, 'de su suicidio en 1939 por sobredosis de un barbitúrico. Acorralado por los nazis en la ciudad de Dornsbuch, luego de haber perdido a causa de las leyes raciales su cargo de profesor en Frankfurt y sin poder conseguir trabajo en el extranjero a causa de su edad —tenía 68 años—, prefirió la muerte a ser detenido por la Gestapo, que lo había citado a sus cuarteles para el día siguiente.'

Los viajes de Karl Schwarzschild también fueron parte de la larga charla del disertante. Para los miembros del club berazatense, que tenían como horizonte turístico la cercana Buenos Aires, las estadías de Karl, en Estrasburgo primero, Múnich luego, para finalmente instalarse en Viena como asistente en un observatorio de los suburbios, eran algo extraordinario, sobre todo para astrónomos aficionados como ellos que, en las noches estrelladas, solo emprendían imaginarios viajes por el cosmos.

Agotados por la insistencia del Profesor Amito en extender su conferencia, poca atención prestaron los asistentes a las etapas posteriores de la vida de Schwarzschild como científico reconocido en toda Europa, primero en Gotinga como profesor, luego como director del Observatorio Astrofísico de Potsdam. Tampoco interesó su matrimonio ni los tres hijos que con su mujer tuvieron. Fue su destino como soldado el que les devolvió el interés. Asociaron esa etapa de la vida de Schwarzschild con la recurrente historia que uno de los miembros del club, ex-combatiente en la guerra de las Malvinas, repetía en las cenas del primer martes del mes, cuando ya el vino San Felipe, supuestamente borgoña, surtía sus efectos.

La audiencia pareció compartir con el Profesor Amito el asombro de que Schwarzschild, a quien veían como un niño prodigio que se había vuelto un científico genial, se ofreciera, hebreo como era, como voluntario para combatir en el ejército alemán durante en la guerra de 1914. Siguieron entonces, muy interesados, los pasos del soldado Schwarzschild por distintos campos de batalla, primero en Bélgica, encargado de una estación meteorológica, luego en Francia, donde fue responsable de calcular las trayectorias de misiles, y finalmente en Rusia.

Explicó el profesor amito que 'en 1915, instalado en el frente ruso, Schwarzschild escribió, en sus horas libres, el trabajo en el que presenta la solución de agujero negro y eso, apenas unos meses después de que Einstein introdujera las ecuaciones de su teoría de la gravitación, también conocida con el nombre de Relatividad general. A no confundir,' subrayó el Profesor Amito, 'con la Relatividad especial, la más conocida por el público' utilizando un tono despectivo, pues menospreciaba los ejemplos con relojes y mellizos con que los divulgadores pretendían explicar esa primera teoría que contenía la bendita fórmula $E = mc^2$.

Volviendo a Schwarzschild explicó el conferencista que 'en su trabajo, presentó una solución de las ecuaciones que había planteado Einstein, para el caso en que el agujero negro tenía forma esférica. ¡Y la superficie de esa esfera no era otra cosa que el llamado horizonte del agujero negro!' exclamó Carlos Marius Amito triunfalmente. Nada agregó sobre lo que era un agujero negro, su horizonte, el por qué ese nombre de agujero negro que en realidad el Profesor Amito pensaba, erróneamente, había sido dado por Schwarzschild siendo que el folclore establecía que había sido bautizado así recién en 1967, cuando en una conferencia en Nueva York John Wheeler lo describió y alguien de la audiencia comentó que podría tratarse de una estrella tan masiva de la que, por la atracción gravitatoria, nada podía escapar, ni siquiera la luz, y por ello sería negra.

Pero también el folclore se equivocaba. Quien había sugerido el nombre de *black hole* había sido Robert Dicke, otro gran físico que al igual que Wheeler trabajaba en Princeton, que fue quien relacionó a la solución de agujero negro de Schwarzschild con la trágica historia de una prisión que los ingleses habían construido en un fuerte de Calcuta, *Fort Williams*.

Los bengalíes habían conquistado el fuerte en su guerra con los invasores en la década de 1750 y allí, en la pequeña prisión del fuerte, conocida como *Black Hole Calcuta* encerraron durante tres días a prisioneros ingleses, entre soldados y empleados, en una celda de 4,3 por 5,5 metros. Costó cerrar la puerta al forzar a 164 prisioneros a entrar al lugar. Las condiciones de hacinamiento, sofocación y agotamiento por el calor hicieron que solo sobrevivieran 123 cuando al cabo de tres días el *nabab* de Bengala accedió a abrir la puerta, darles agua y enviarlos a otra prisión. Nunca quedó claro si los realmente sucedido tuvo la escala que los ingleses atribuyeron a lo sucedido. En particular, todavía se discute si los encerrados fueron 164 o solo 64.

Luego, en tono nuevamente lúgubre, Amito explicó que 'mientras trabajaba en el asunto, Schwarzschild tuvo los primeros síntomas de una rara enfermedad que hoy sabemos forma parte de las llamadas autoinmunes y que afecta piel y mucosas.' Repitió dos veces el nombre de la enfermedad: *pemphigus*. Sabiendo que se trataba de algo desconocido por el público el público aclaró ' "Ampollas" en griego, una enfermedad conocida en tiempos de la Primera Guerra Mundial como "Fuego salvaje" '. El Profesor Amito había pasado noches estudiando detalles de la enfermedad, por lo que pudo explicar largamente cómo el llamado sistema inmune del enfermo confunde a las células de la piel con objetos extraños, los ataca y crea horribles ampollas.

En marzo de 1916 Schwarzschild fue envia-

*Los prisioneros británicos en el infierno del agujero
negro de Calcuta*

do desde las trincheras a su hogar como inválido, cuando la enfermedad ya estaba en la fase terminal. 'Allí tuvo la mejoría típica de esta enfermedad cuando la muerte está próxima,' aclaró con suficiencia Carlos Marius Amito. Y concluyó 'Schwarzschild murió dos meses después de su regreso, cuando apenas tenía 42 años.'

Quizás por el triste final, quizás porque el Profesor Amito había excedido en más de una hora el límite oficial de las conferencias, los aplausos fueron escasos, apagados. Apurados, casi a empujones en la angosta puerta de salida de la biblioteca Manuel Belgrano, los asistentes huyeron de la sala, no por la amenaza de un fuego salvaje sino por el temor de ser atrapados por el conferencista.

Solo un joven siguió sentado mirando fijamente lo que parecía ser el vacío, mientras el disertante guardaba sus papeles un una bolsa de rejilla. Cuando pasó a su lado, lo detuvo para pedirle las traducciones de aquellos primeros trabajos de Schwarzschild. Las obtuvo luego de mucho insistir. El muchacho, Alberto Vadden, conviene aquí dar su nombre pues será un protagonista de esta novela, se fue sin escuchar las insistentes recomendaciones de devolución pronta. Mientras caminaba por las desiertas calles de Berazategui y cuando las escasas luces de las calles lo permitían, trataba de descifrar sin éxito las primeras frases de uno de los dos artículos.

CAPITULO 4

Albert Einstein en Berazategui

BERAZATEGUI es una ciudad del Gran Buenos Aires a la que las radios y revistas locales coronaron como 'Capital del Vidrio' ya que su existencia está ligada a la de una gran fábrica de ese 'frágil material,' como fue calificado por la maestra de quinto grado del Alberto Vadden, cuyo nombre honraba al bisabuelo alemán, al abuelo que había emigrado a la Argentina y así siguiendo.

En la conurbación, como prefiere llamar la Real Academia de la Lengua al televisivo conurbano, Berazategui es bien conocida por el anuncio de una de las salidas de la autopista Buenos Aires – La Plata y por la estación de trenes en la que se detiene el ferrocarril de la línea General Roca en su habitualmente impuntual ir y venir entre las dos capitales. Pocos han visitado esa ciudad y menos aun son los que están enterados de que en su viaje rumbo a la Universidad de la ciudad de La Plata, el ilustre vi-

sitante Albert Einstein debió apearse del tren que
lo llevaba acompañado por un distinguido grupo
de amateurs de la relatividad. La detención en la
estación de Berazategui, que duró casi media hora,
se debió a que un tronco no demasiado pesado
por la podredumbre de su interior, dormía sobre
los durmientes de la vía impidiendo continuar el
viaje.

Fue por culpa de ese incidente que Einstein llegó tarde al almuerzo con que se lo agasajó aquel
jueves 2 de abril de 1925, en un coqueto salón
de la filial del *Jockey Club* de La Plata, adornado
primorosamente por las damas de la sociedad pla-
tense. A causa del incidente ferroviario fueron escasas seis horas las que pasó el físico en la ciudad,
por lo que en lugar de sus habituales conferencias
apenas tocó un solo de violín, muy criticado por
los entendidos, en el salón de actos del el Colegio
Nacional de la Universidad, a pocos metros del
Instituto de Física.

En contraste, fue en Berazategui donde durante
veinte minutos discurrió sobre sus dos teorías de
la relatividad con el abuelo de Alberto Vadden, que
por entonces tenía 23 años y había emigrado a la
Argentina desde la empobrecida Alemania de los
años 1920. Vadden llevaba unos pocos meses tra-

El tren se detuvo en Berazategui por culpa de un tronco que dormía sobre los durmientes

bajando en la boletería de Berazategui, lo que le permitía pasar horas y horas no haciendo otra cosa que leer enciclopedias y manuales que compraba gastando todo su sueldo.

Cuando el tren se detuvo en Berazategui por culpa del tronco Einstein llevaba poco más de una semana en la Argentina y la noticia de su visita había ocupado las primeras planas y páginas de sociales de todos los diarios del país, con titulares que lo mencionaban como 'el gran sabio alemán' ya que aún no había tenido que cambiar su nacionalidad. Las sedes del *Jockey Club* de Buenos Aires, La Plata y Córdoba formaban parte de la rutina de los almuerzos en que se festejaba al visitante en cada ciudad y en todas ellas se vivían momentos intensos, calificación que daban los diarios locales que, según relataban en extensos artículos, harían conocer al mundo el 'enorme avance científico' de la Argentina.

Pero Vadden no se había interesado en esas noticias aparecidas en titulares catástrofe con que informaban la visita de un físico como si se tratara de la del príncipe de Gales, que justamente el mismo año, rodeado de una aureola similar a la de Einstein, visitaría el país. Vadden estaba decidido a comprender las dos teorías de la relatividad que él confundía en una única, elaboradas por Einstein en 1905 la primera y a partir de 1915 la segunda. En sus apuntes Vadden las anotaba como 'Teoría M', sin que quedara claro si con la 'M' se refería a *Matrix, Meister, Monster, Magie.**

Noventa años más tarde, Edward Witten, a quien la cadena de televisión CNN calificó como el 'Einstein del siglo XXI' en una nota sobre el centenario de la teoría de la relatividad restringida, aventuró que las diferentes versiones de las teorías de cuerdas con las que se esperaba construir la 'Teoría del Todo,' podían estar describiendo la misma cosa desde diferentes perspectivas y propuso unificarlas en la que bautizó como 'Teoría M,' sin aclarar tampoco él de qué palabra en particular había elegido la primera letra.

El joven Alberto (o Albert, como lo llamaba su abuelo), había sido el abanderado de la generación que se recibió en el año 2002 en el Politécnico de Berazategui con el título de 'Técnico químico.' Sin embargo, empujado por su abuelo de mismo nombre se había interesado de pequeño por las ciencias en general, y luego más específicamente por la física, porque pensaba, sin saber siquiera que existía la palabra reduccionismo, que era ella la que

* Matriz, Maestro, Monstruo, Magia.

permitiría comprender al mundo y sus fenómenos. Había pasado noches enteras de su adolescencia estudiando matemáticas, 'el lenguaje ineludible en el que las leyes de la Naturaleza deben ser escritas' como gustaba repetir a quien quisiera escucharlo citando de manera aproximativa una famosa frase atribuida a Galileo Galilei.

Esa frase de Galileo se la había enseñado justamente su abuelo, quien sin guía alguna había recorrido inútiles senderos de la matemática que no lo ayudaban a descifrar ni la más simple de las complicadas fórmulas con las que Einstein construía sus teorías, sobre todo la de la relatividad general, también llamada teoría de la gravitación de Einstein, porque de eso se trata.

A pesar de sus esfuerzos, el abuelo Alberto apenas dominaba a los 23 años la aritmética de los oscuros logaritmos del álgebra y los no muy útiles teoremas sobre triángulos rectángulos de la geometría. En las fórmulas de Einstein no aparecían logaritmos ni hipotenusas sino enloquecidas fórmulas, parecidas a los cuadros de los pintores modernos que la culta familia Vadden denostaba frente a la tranquila visión de los pintores alemanes del siglo XIX, que todavía no habían adivinado al monstruo como hicieron los expresionistas en las primeras décadas del siglo siguiente.

Con esas escasas armas y el conocimiento del idioma alemán, que el abuelo Alberto Vadden manejaba razonablemente por tratarse de la lengua en que discutía la familia al final de los almuerzos del domingo, cuando ya la cerveza dominaba los espíritus, y ante el anuncio de la visita de Einstein a La Plata, se propuso estudiar las publicaciones originales en las que las teorías habían sido formuladas.

No es claro cómo pudo saber el abuelo Alberto que los trabajos podían consultarse en el Instituto de Física de la Universidad de La Plata, a donde con el permiso del jefe de estación para ausentarse de la boletería el lunes 15 de diciembre de 1924 viajó en la tarde del domingo 14, según consta en las actas del juicio en el que fue condenado por sabotaje de una línea férrea.

La bibliotecaria del Instituto de Física de La Plata, Graziela Siborado, testigo propuesto por la defensa de Vadden, declaró que aunque comenzó negándose, finalmente aceptó que alguien que no acreditaba su calidad de científico pudiera acceder a las revistas y, peor aún, fotografiar página por página el artículo de 1905 sobre la relatividad general publicado en la revista *Annalen der Physik* y los dos del período 1915–17, comunicados a la *Königlich*

Preussische Akademie der Wissenschaften sobre la relatividad general.

Esa mañana lluviosa del lunes 15 Vadden logró en efecto convencerla con argumentos que ya había usado con su madre para que ésta le prestara la cámara fotográfica que llevó consigo. Se trataba de un aparato fotográfico Kodak Brownie que su hermana había ganado, cuando todavía vivían en Alemania, en el concurso radial que una iglesia luterana alemana de la región de la Baja Sajonia transmitía todos los domingos luego de la misa.

Para Vadden el viaje de regreso de La Plata a Berazategui pareció durar una eternidad, tal era su ansiedad por revelar él mismo el rollo. Y fue esa ansiedad la que le hizo cometer un error de revelado que volvió ilegibles las dos primeras páginas de uno de los dos trabajos de Einstein sobre la relatividad general que había fotografiado en la biblioteca del Instituto de Física.

Vadden siempre creyó, aún luego de su charla con el otro Albert, que la fotografía velada de la página 2 con la que no contaba, contenía las tres primeras fórmulas que Einstein numeró como (1), (1A) y (1B), y que fue esa la razón por la que las siguientes ecuaciones, desde la número (2) en que aparece la fórmula fundamental para calcular el campo gravitatorio en ausencia de materia hasta la última, numerada como (10), le resultaron ininteligibles. A la confusión se sumó un error de imprenta, inesperado en tipógrafos del país de Johannes Guttenberg, que hace aparecer la referencia a una supuesta ecuación (22), en un artículo de apenas cinco páginas que se detenía como ya señalamos en la ecuación (10).

En la charla que mantuvieron en la estación de Berazategui con el tren detenido por el tronco de un árbol que cruzaba las vías, Einstein sugirió que Vadden siguiera el consejo que él mismo había recibido del matemático italiano Tullio Levi—Civita y estudiara cálculo tensorial, herramienta fundamental para alguien que pretendiera ir más allá de la ley que escribió Isaac Newton cuando asoció manzanas con lunas, que de eso también se trata la relatividad general.

Cuando con la ayuda de los pasajeros, guardas y conductores del tren se logró despejar la vía, Vadden acompañó a Einstein hasta su vagón y se despidió de él prometiéndole escribirle sobre los avances que esperaba hacer. En la mirada de Einstein no había ironía sino cierta tristeza. Sabía que el por entonces joven Alberto jamás lograría penetrar, por falta de tiempo y de guía, en las revolucionarias ideas de su relatividad general, la nueva teoría de la gravitación, en la que no solo se planteaban ecuaciones para determinar cómo se mueven los cuerpos y la luz en el espacio, sino también ecuaciones para describir cómo el espacio y el tiempo se ven afectados por la presencia de esos cuerpos y también obedecen precisas ecuaciones. Y todo eso en una fórmula que ocupa la mitad de un renglón.

A diferencia de Einstein, Vadden quedó contento por ese encuentro. Poco duró su alegría pues la investigación iniciada por la ya por entonces muy eficiente policía de Berazategui logró descubrir rápidamente el origen del sabotaje, palabra utilizada en la primera noticia sobre el incidente ferroviario que apareció en el periódico más leído de la región, *El Progreso de Quilmes*, con el título de 'Sabotaje en la estación de Berazategui ante el paso del sabio alemán.' Con mucho humor y algo de conocimiento el periodista encargado de redactar la noticia asoció el problema sufrido por el tren en que viajaba Einstein con las explicaciones sobre trenes y relatividad que se habían multiplicado a raíz de su visita.

Pero en su charla con Vadden, Einstein no había utilizado el remanido ejemplo de los trenes para explicar la teoría de la relatividad restringida. Y ello porque lo que Vadden quería discutir era la relatividad general, las ecuaciones en las que Einstein extiende las de Isaac Newton que describían el movimiento de los cuerpos por acción de la fuerza gravitatoria en un espacio inerte, inmutable. Lo que hizo Einstein fue escribir ecuaciones que el propio espacio–tiempo obedecía, cuya solución muestra que no era el mismo en distintas regiones y, aún más, que como se comprobaría experimentalmente años después evolucionaba como lo hacían los cuerpos al moverse en él.

Eso fue todo lo que el gran Albert pudo explicar al otro Albert, en cuyo documento de identidad argentino aparecía una letra 'o' suplementaria, sin apelar a fórmulas que, como dijimos, implican conocer conceptos matemáticos del todo ignorados por Alberto y por toda persona que no haya seguido el consejo de Levi–Civita y estudiado, como mínimo, los rudimentos del llamado cálculo tensorial en general y el de los espacios métricos, que son aquellos en los que se puede definir una 'distancia.'

También le habló de la idea revolucionaria que había introducido en 1917 en uno de los tres trabajos fotografiados por Vadden, titulado *Consideracio-*

nes cosmológicas en la Teoría General de la Relatividad.
Se trataba de pensar, como todavía lo hacía Einstein en esos tiempos 'que el espacio, aun vacío de
toda materia, tenía una energía para "sujetar" a la
gravitación de manera que el Universo, incluido
el espacio, tenía que ser estático, es decir que no
evolucionaba en el tiempo.' A esa energía se la entiende en términos de algo llamado hoy constante
cosmológica.

Einstein abandonó la idea de una constante
cosmológica en 1929 cuando Edwin Hubble descubrió que las galaxias se mueven unas respecto
de otras, lo que mostraba que el Universo no era
estático. Cuenta el ruso George Gamow, quien
junto al cura católico George Lemaître fue uno
de los padres de la teoría del *Big Bang*, que en una
charla sobre asuntos cosmológicos Einstein le dijo
que la introducción de esa idea de energía del vacío había sido el peor error de su vida. Pero hay
quienes niegan que esta afirmación sea cierta... Y
por otra parte, la posibilidad de su existencia dejó
de ser descartada recientemente ante el problema
planteado por medidas que llevan a considerar la
existencia de una 'energía oscura,' llamada así porque no la podemos 'ver.'

De hecho, ya muerto Einstein se descubrió a fi-

nes la década de 1990 que en realidad la velocidad
de expansión del Universo aumenta con el tiempo,
es decir que no solo el Universo no es estático sino
que se trata de una expansión acelerada. Y esto a
pesar de la existencia de la fuerza de atracción gravitatoria entre las galaxias, que tendería a que éstas
se atrajeran. Eso abrió una ruta que todavía hoy
transitan los físicos y que podría llevar a que la idea
de Einstein reviviera y la constante cosmológica
reapareciera como un ingrediente necesario. Pero
nada es seguro al día de hoy.

Big Bang era una expresión que Alberto había
escuchado muchas veces. Inicialmente había pen-
sado, dado que su traducción era 'Gran Explosión,'
que se trataba de una explosión *en* el espacio. Pero
justamente no se trata de eso sino de una expansión *del* espacio. Una explosión tiene lugar cuando,
por ejemplo en una reacción química, se produce
un desbalance en la 'semilla' de la explosión en la
que hay sustancias a temperatura y presión enormes en comparación con los 'pequeños' valores de
esas variables que hay en el exterior de esa semilla,
que también es muy pequeña. Es ese desbalance
el que produce la explosión en la que la materia
contenida en la semilla sale expulsada al exterior a
gran velocidad.

Leyendo en alguna versión de la Enciclopedia Británica Vadden había aprendido que cuando se habla de la expansión del espacio no se está diciendo que la materia contenida en el espacio, sea la que forma a un árbol o a nosotros mismos, se expanda. Fuerzas muy fuertes respecto de la que produce la expansión mantienen a la materia inalterada. Es el espacio el que 'crea más lugar' entre el árbol y nosotros. No es que los objetos se muevan. El espacio entre ellos crece de la nada alrededor de ellos. Este tipo de cambio del espacio es posible en la teoría de la gravitación de Einstein pero no en su predecesora, la teoría gravitatoria de Newton. Un mecanismo simple para explicar la expansión acelerada del espacio es la de postular la existencia de la constante cosmológica, con lo que una vez más Einstein podría haber acertado con la idea original que luego abandonó.

CAPITULO 5

Fatiah en Berazategui

Alberto caminaba apurado por la calle República del Líbano en la dirección del Politécnico donde había estudiado. No nos referimos al Alberto Vadden que conversó con Einstein en el capítulo anterior sino a su nieto quien, según contamos al inicio de este relato, había llevado a la casa de su tía Juana un libro para leer junto a Fatiah.

Eran horas en que solo el rodar de unas pocas bicicletas rompía el silencio de la mañana. En la esquina de la calle 18, distraído como iba, casi tropieza con otra persona. Levantó la vista al mismo tiempo que se detuvo, como también lo hizo la mujer joven y sonriente que caminaba distraídamente en sentido contrario. Estaba vestida como nadie de su edad lo haría en Berazategui. Un pantalón holgado, masculino, y una camisa a cuadros, suelta, con las mangas arremangadas. Su cabello era corto y enrulado, la piel brillante, aceitunada con unas pocas pequeñísimas cicatrices en los pómulos, no muchas, huellas de alguna enfermedad de su infancia.

No tuvo dudas, por la ropa que usaba y el corte de pelo, de que no se trataba de una mujer argentina.

Alberto se disculpó con una complicada frase a la que le faltaban los verbos para que tuviera sentido, mientras la mirada de la mujer indicaba que lejos de estar enojada parecía contenta por el encuentro. Como Alberto no pasaba de disculpas y tartamudeos ella, en un castellano parecido al que hablan los españoles, pero más lento, mucho más lento, lo interrumpió y se presentó: 'Soy Fatiah Diaf, estoy algo perdida, busco el hospital *Evita Pueblo*.' Al pronunciar su nombre lo hizo como si fuera una palabra esdrújula: 'Fátiaj' que sonó como una mano que se desliza suavemente sobre terciopelo para llegar a una especie de jota aspirada.

Pensando que la chica –Alberto calculaba algo menos de 30 años, que es como hoy se designa a jóvenes mayores que la edad a la que murió Alejandro Magno– estaba perdida, ofreció guiarla al hospital. 'Son veinte cuadras,' le explicó a Fatiah quien aceptó inmediatamente mientras le aclaraba que no iba a ver un médico porque se sintiera mal

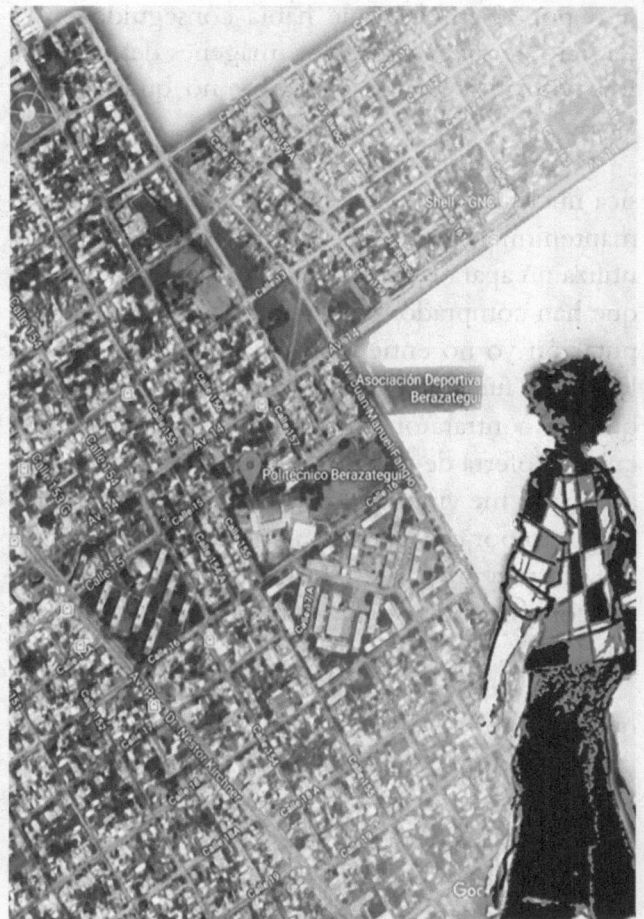

Vestida como nadie de su edad lo haría en Berazategui

sino por el empleo que había conseguido en el servicio de diagnóstico por imágenes del hospital. Era su primer día de trabajo y no quería llegar tarde.

'Porque yo soy física, mi maestría la hice en física nuclear y ellos necesitaban un técnico para el mantenimiento del sistema de computación que utiliza un aparato de resonancia magnética nuclear que han comprado recientemente. De lo de computación yo no entiendo demasiado, pero eso no lo saben, fue por la palabra nuclear de mi título que me contrataron así que no lo comentes. Descubrí la oferta de trabajo en internet y cuando me aceptaron me vine a la Argentina.' Alberto se sintió contento por compartir tan pronto un secreto con ella, sin preguntarse si Fatiah podía haber buscado esa complicidad adrede o era porque ya confiaba en él.

El largo camino que hicieron juntos sirvió para que Alberto se enterara que la chica era argelina, había estudiado en Francia, en la Universidad de París XI y luego hizo su tesis en el Instituto de Física Nuclear de Orsay creado para Marie Skłodowska, más conocida como *Madame* Curie, cuando debió mudar su laboratorio a las afueras porque la xenofobia la corrió de su laboratorio original en la *École Normale* de la *rue d'Ulm*, una calle del barrio del Panthéon cuyo nombre, Ulm, se refiere a la ciudad alemana en la que, entre otras cosas, había nacido Einstein.

Ya con un diploma de estudios avanzados en Física aprobado y sin conseguir una beca para hacer el doctorado en Francia, Fatiah había enseñado física primero en colegios secundarios de la región parisina y luego en el Colegio español de Rabat, donde había aprendido el castellano que tan bien dominaba.

Frente a todos esos datos, poco era lo que Alberto podía contarle de su vida cuando Fatiah lo interrogó. Nada interesante podía haber sucedido durante sus 25 años todos transcurridos en una misma ciudad de no más de 200.000 habitantes y 20 kilómetros cuadrados de superficie, donde las tardes eran siempre iguales como lo eran las noches y las mañanas. Quizás, ya que ella era física, podría haberle hablado de la historia de su abuelo, su charla con Einstein y su condena por sabotaje. Pero la nunca explícita y sin embargo vigente prohibición familiar fue respetada una vez más.

Sí pudo contarle de su interés por la física, los agujeros negros, la relatividad general, el Universo. Eso pareció inquietar a Fatiah que no esperaba de ese chico, unos cinco años menor que ella, viviendo en lo que parecía un pueblo comparado con París o Rabat, tuviera otro interés diferente al de los jóvenes del pueblo de Argelia donde pasó su adolescencia.

Fatiah se apuró para aclararle que nunca había tenido un curso donde se enseñara la relatividad general, esa teoría de Einstein que necesitaba de una matemática demasiado sofisticada e inútil para su formación como física experimental. Para su diploma ella había trabajado con iones pesados en un acelerador de los llamados tándem, que según había leído, era parecido al que había comprado la Comisión de Energía Atómica Argentina en tiempos sangrientos en que gobernaban militares, cuando algunos científicos e ingenieros locales habían convencido a uno de los dictadores, cuyo nombre no recordaba,* de los importantes descubrimientos que con ese aparato, ya de tecnología atrasada en aquellos tiempos, harían.

La llegada al hospital interrumpió la charla mientras ambos buscaban la manera de evitar no volverse a ver. Fue Fatiah quien la encontró: consultó a Alberto por alojamiento ya que quería dejar lo antes posible el pequeño hotel en que estaba

* N. del A.: Se trata de Jorge R. Videla

instalada desde su llegada a la ciudad, que resultó ser uno de los pocos hoteles de citas que aún existían en Berazategui, como lo descubrió la segunda noche de estadía.

Buscaron ambos sus celulares, intercambiaron mensajes y Alberto le prometió hablar con una de sus tías quien, en la planta alta de su modesta casa, tenía habitaciones que alquilaba a un precio razonable. Fatiah se despidió con un beso en cada mejilla a los que Alberto no supo cómo responder, y se perdió en el largo y amarillo corredor que llevaba al servicio de diagnóstico por imágenes, arrastrando las sandalias y volviéndose varias veces para saludarlo con la mano y la sonrisa.

El siguiente encuentro fue en un bar de la calle 13, ingeniosamente llamado *InfusionArte*, para orgullo de sus dueños por el hallazgo, dos hermanos que habían decidido eliminar el espacio entre las dos palabras y también el acento de la primera. Alberto había elegido ese bar porque era el único en Berazategui en que en lugar del té en saquitos, se ofrecía el de hebras, utilizando teteras de plata, seguramente reliquias familiares. Y él se había enterado, después de una rápida búsqueda en la red, que el té era la bebida preferida de los argelinos. Fatiah fue puntual y eligió un té de menta. Fue ella quien se encargó de servirlo parándose y extendiendo hacia abajo su brazo de manera que el pico de la tetera quedara a más de medio metro de las tazas. Ni una gota cayó sobre el mantel. El menor de los hermanos se acercó con su celular y le pidió que repitiera el gesto para sacar una foto que sin duda aparecería esa misma noche en la página *web* de *InfusionArte*.

Los primeros dos días de trabajo en el hospital, contó Fatiah, habían sido divertidos, sobre todo por el número de empleados del hospital que desfilaban por la puerta de la sala para conocerla. No todos los días había una argelina en Berazategui. También le habló de un médico de la guardia que en el mismo momento de presentarse la invitó a una salida la noche del sábado siguiente. Pareció entender que estaba hablando demasiado así que se interrumpió sin que Alberto descubriera si había aceptado la invitación del médico. O la del técnico en computación que también se lo propuso.

'¿Y cómo va la cosmología?' preguntó Fatiah usando una palabra que Alberto había encontrado muchas veces en los libros que buscaba en la biblioteca pública, pero jamás había escuchado en Berazategui que alguien la utilizara en una conversación, quizás por el desinterés de sus habitantes en comprender 'el conjunto de todas las cosas' que no es otra cosa que el significado de la palabra griega *cosmos*.

Para que no lo tomara por un loco, no le reveló sus planes para viajar a los confines del cosmos sino que comenzó por explicarle algo que creía menos pretencioso, que era entender lo que sucede a un viajero cuando se acerca a un agujero negro. Pero, le aclaró, no pensaba construir imposibles naves espaciales que viajaran a velocidades varias centenas de veces mayores que la de la luz, ni ser teletransportado cuánticamente, ni aprovechar algún agujero de gusano para pasar de un multiverso a otro, ni encontrar la puerta de entrada a una geometría alabeada, con combas como las que tiene el pabellón de la oreja o los cuellos de los vestidos isabelinos. Es decir, un espacio–tiempo deformado de tal manera que permitiría llegar a puntos tan distantes que, si se los pretendiera alcanzar viajando por nuestro espacio–tiempo en el medio de transporte más veloz, el viaje tendría una duración de millones de años.

Fatiah quedó impresionada por la larga lista de palabras que, suponía, el chico había aprendido leyendo alguna revista de divulgación. Quiso descubrir qué era lo que Alberto entendía de cada una de esas palabras por lo que, repitiéndole que nunca había hecho cursos de cosmología ni estaba al tanto de las últimas modas en esos asuntos, comenzó a hacerle preguntas que los tuvieron en el bar más de dos horas. Cuando finalmente salieron, tras discutir quien pagaba la cuenta hasta finalmente compartirla, Alberto la guió a la casa de su tía para mostrarle la habitación que estaba disponible y la conversación cambió de rumbo, y se dispersó mientras la penumbra de las palomas anunciaba la llegada de la noche, según la describe Borges mientras camina por una calle desconocida (¿de Ginebra, de Buenos Aires?).

Una geometría alabeada

CAPITULO 6

¿Pero qué son los agujeros negros?

Fatiah estaba confundida. Se preguntaba si Alberto entendía los temas de los que hablaba o utilizaba palabras para él ausentes de todo significado y que por ello esas palabras iban más allá, como sucede cuando se lee algún poema de Mallarmé, a quien solo importaban 'los esplendores situados detrás de la tumba,' según había explicado su profesor de literatura Théophile Gautier, que pretendía que sus alumnos del liceo francés de Argel se acercaran a la poesía y a la música 'para entrever los cielos,' algo que solo lograría Alberto, como veremos gracias a Fatiah, y eso a medias.

Fatiah se propuso entonces saber más sobre el por qué de los asuntos que obsesionaban a Alberto y que incluían, además de los agujeros negros, las expediciones interestelares, los ascensores cósmicos, asuntos de los que hablaba en un desorden digno de los altillos o sótanos donde las gentes guardan las cosas inútiles de las que no quieren desprenderse, lo que los franceses llamaban *cafourniau* hasta que Balzac cambió la palabra por *capharnaüm* y, más toscos, los argentinos reemplazaron por una de origen bantú: quilombo.

Nada había de insidioso en la idea de Fatiah, sino que había nacido de la ternura que ya sentía por Alberto, la misma que podía sentir una madre, un padre, cuando su hijo o su hija, al volver de la escuela, contaba a borbotones lo que creía haber entendido de la explicación de la maestra, del maestro, sobre la rotación de la Tierra. La diferencia de edades y de historias la hacía sentirse algunas veces una hermana mayor de Alberto.

El tercer encuentro que tuvieron fue en el living de la casa de la tía materna, Juana, a quien Alberto llamaba, como el resto de la familia, Juanita. En planta baja, además de la cocina y el lavadero, había funcionado un bar que aún perfumaba la casa con suaves olores a ginebra y cerveza. Porque esa había sido la casa de Félix, con quien se había casado Juana recién a los 50 años, cumpliendo el mandato familiar de ser la hija de la vejez, como llamaban los italianos a la menor de las muchas hijas con que llegaban los inmigrantes, y que debía quedar soltera para cuidar de sus padres hasta que murieran ambos. Recién cuando esto sucedió pudo al fin Juana intentar casarse, demasiado tarde en aquellos tiempos para tener hijos. Sobraban en la casa habitaciones en la planta alta y para completar la escasa pensión que recibía a la muerte de Félix, su esposo, ofrecía alojamiento a mujeres solas. Fatiah se había instalado a principios de mes allí como única pensionista.

Alberto llegó a la hora exacta que habían acordado, con una bandeja de la panadería y confitería *La Marquesita*, la única aceptable según su familia, cuando de masas que en Berazategui llamaban 'secas' se trataba. Mientras esperaba a Fatiah y su tía preparaba el té con leche, Alberto repitió la ceremonia de los domingos de su infancia cuando la familia era invitada a los almuerzos que inevitablemente incluían ensalada rusa y jamón crudo, ravioles de seso, pollo al horno y ensalada de frutas. Como cuando tenía seis años, se escurrió desde la cocina donde Juanita acomodaba la bandeja para el té al bar abandonado, ya sin las chapitas de cerveza que recogía del piso y guardaba para su colección, siempre que se tratara de las de la cerveza Africana, enamorado como estaba de la mujer de oscura tez reluciente que aparecía en la etiqueta.

Fatiah bajó al living como si se tratara de su casa

en Marruecos, vestida con una túnica azul oscuro, un caftán que había comprado en Estambul y un turbante del mismo color que la ropa y que sus uñas, que elogió contenta Juanita, que la esperaba en planta baja junto a su sobrino nieto ya con la mesa tendida.

Cuando quedaron solos, Alberto comenzó a hablar sobre su proyecto y cuando mencionó por primera vez las palabras 'agujero negro' Fatiah lo interrumpió preguntándole cómo había llegado a enterarse de su existencia.

Si bien a Alberto le extrañó la pregunta, que tenía que ver más con la historia que con la física, respondió que el profesor de física y química, en la última semana de clases del segundo año del secundario, les había hablado de agujeros negros. La idea de esa especie de hueco cavado en el espacio había quedado resonando en su cabeza desde entonces. Como también había resonado el hecho de que el profesor mencionara que en un trabajo de 1939 Einstein había rechazado la existencia en la 'realidad física' de esas soluciones de sus ecuaciones que más de 20 años antes habían sido encontrada por Schwarzschild. Simplemente, consideraba en ese tiempo que no había que tenerlas en cuenta.

*Vestida con una túnica azul oscuro, un caftán comprado
en Estambul, y un turbante*

El profesor era un ingeniero agrónomo joven que ocupaba ese cargo a falta de alguien con título más apropiado, y en una clase como si nada mencionó esas dos palabras que habían cambiado el destino de su abuelo. Y con la mirada fija en el suelo, comenzó un extenso relato que Fatiah escuchó sorprendida.

Inició su larga respuesta relatando lo que sucedió unos sesenta años después de que su abuelo, Alberto Vadden, fuera condenado a seis meses de cárcel por sabotear una vía férrea.

Era el primer sábado de diciembre y los sábados y domingos, cuando el clima lo permitía, el abuelo dormía una corta siesta en una reposera mientras él, tirado sobre los mosaicos rojos de la angosta galería de la casa, llenaba con dibujos hojas y hojas de la versión argentina del papel *Canson*, aquel que el pintor francés Dominique Ingrès usaba para hacer los infinitos bosquejos que alternaba con sus ejercicios de violín. En esas hojas Alberto diseñaba complicadas y coloridas figuras de máquinas aún no inventadas, incluidas explicaciones de sus supuestas funciones.

Esa tarde Alberto estaba diseñando una máquina que permitiría recuperar aceite comestible demasiado sucio por su repetido uso en frituras, a partir de burbujeo de vapor que atrapaba las partículas que se desprendían de las milanesas y las papas fritas uniéndolas para acumularlas en la superficie, lo que hacía más fácil extraerlas. Pero por alguna asociación con lo que estaba pensando sobre su diseño, el recuerdo de las palabras 'espacio curvo,' pronunciadas claramente por el profesor cuando habló de agujeros negros, su lápiz detuvo el trazo. Por más que hizo un esfuerzo por recordar toda la explicación que siguió a esas dos palabras, no fue mucho lo que logró rescatar de aquella clase.

Sí había entendido que cuando un cuerpo era muy masivo, como por ejemplo lo es la Tierra, ejerce una fuerza que podemos sentir en nuestro cuerpo y que llamamos peso. Esa fuerza entre los cuerpos masivos existe siempre, y es siempre de atracción. Pero si quien la ejerce sobre nosotros es por ejemplo un mosquito, no la percibiremos. Sabía también que como la masa de la Luna es menor que la de la Tierra, los astronautas se sentían más livianos: aunque su masa seguía teniendo el mismo valor en ambos lugares, su peso había disminuido. Inclusive había aprendido a calcular cuánto era la diferencia si, como muchas veces soñaba, hubiera viajado junto a los primeros astronautas que la pisaron: los 64 kilogramos que marcaba como su peso la balanza en la Tierra se hubieran transformado en ¡10,6 kilogramos! Pero por supuesto él no se vería más flaco: lo que llamamos 'masa' no había cambiado.

Para hacer ese cálculo Alberto había debido aprender cómo relacionar el peso de un cuerpo con su masa, para lo que había que tener en cuenta el efecto de la fuerza de atracción gravitatoria, la que nos mantiene pegados al suelo. Esa fuerza es la que primero sentimos, ya al nacer, cuando la mano de la partera o del médico nos sostiene porque si no lo hiciera caeríamos al piso de la sala de partos. Luego, ya más grandes, los profesores del colegio se encargan de intentar explicarnos de la existencia de otro tipo de fuerzas, las eléctricas y las magnéticas, las que tienen que ver con fenómenos como por ejemplo los que hacen que los electrones se muevan por el cable que une el enchufe a la lámpara, que los fotones que salen de esa lámpara iluminen las páginas del libro que estamos leyendo, o que funcione el imán del costurero que las madres o las abuelas tienen en algún cajón, y cuya misión es atraer a los alfileres y agujas que tienden siempre a esconderse en los lugares más remotos.

'A esas fuerzas, en conjunto, se las llama electromagnéticas,' aclaró. 'Pero existen otras de las que no se habla en las escuelas y colegios, cuyos efectos no podemos ver o sentir de manera tan directa. En ocasiones son mencionadas en noticieros o diarios cuando se otorga un premio Nobel o se habla de las bombas llamadas atómicas. Se las conoce como fuerzas débiles unas, fuertes las otras.' Y siguió repitiendo casi textualmente la explicación de su profesor del secundario:

'Pero eso de no sentir a las fuerzas fuertes y a las débiles es engañoso desde el punto de vista de la vida cotidiana: las débiles tienen que ver con los fenómenos radioactivos, y todos sabemos que si alguien está cerca de ciertas sustancias radioactivas corre riesgo de muerte por el efecto de las partículas que emite esa sustancia, a pesar de que no lo sentimos en el momento que chocan con nuestro cuerpo. Pero sí afectan nuestras células, ya que si la radiación es suficientemente intensa como para degradar el código genético rompiendo o alterando las moléculas el resultado puede ser un cáncer. En cuanto a las fuerzas fuertes, que a nivel de nuestros sentidos son indetectables, son las que hacen que existan los núcleos de los átomos, por ejemplo los del hidrógeno y el oxígeno que forman el agua.'

También su profesor había explicado que la

masa de los cuerpos no solo afecta a otros cuerpos haciendo que se atraigan unos a otros: 'También afecta al espacio, lo hace curvar. Por ello el espacio puede no ser plano como una hoja de papel, un plano abierto en todas direcciones. Puede ser curvo como es curva la superficie de una naranja, o sea una superficie cerrada sobre sí misma. O puede, sin ser plano, ser curvo pero abierto como por ejemplo las sillas de montar caballos. Que lo sea de una u otra forma depende de la masa de materia del Universo en distintos lugares y de su energía. Hoy no sabemos con la precisión que querríamos cuál de las tres posibilidades corresponde a nuestro Universo. Pero tenemos sospechas.'

Alberto leyó luego, ya cuando terminaba el colegio secundario, que si el espacio fuera como una silla de montar entonces el Universo no tendría suficiente masa como para que su expansión se detuviera. Si fuera plano la expansión podría detenerse después de un tiempo infinito. Si tuviera la curvatura de una esfera terminaría por detener su expansión: las galaxias cesarían de alejarse unas de otras y empezarían a acercarse hasta que el Universo todo colapsara en un punto. 'Hasta ahora,' concluyó el profesor, 'pareciera que el Universo es plano con un margen de error de 0,4%.'

En ese espacio plano o casi plano de nuestro Universo, puede haber regiones terriblemente curvas, allí donde la masa de los cuerpos celestes en ellas sea muy grande. 'Se llaman,' recitó el profesor con voz impostada, "agujeros negros". O sea que estos agujeros no son agujeros vacíos sino todo lo contrario. Tienen una gran cantidad de masa concentrada en una zona muy pequeña. Imaginen,' siguió el profesor, '¡toda la masa del Sol concentrada en algo cuya superficie es la de Berazategui!'

La fuerza gravitatoria sería tan fuerte que ni siquiera la luz, que no tiene masa alguna pero tiene energía, podría escapar de su interior. Es por eso que hablamos de 'agujeros negros', no pueden ser observados de manera directa como sí se detecta a las estrellas por la luz que emiten durante la combustión de la materia que las forma. El agujero negro solo puede ser detectado indirectamente por la fuerza que tan tremenda masa ejerce sobre los cuerpos celestes que los rodean, que por ejemplo cambia el movimiento que puedan tener.

También se los puede detectar porque la fuerza gravitatoria que siente por ejemplo una estrella atraída por un agujero negro, haría que su aceleración aumentara, se calentara y emitiera una radiación adicional que, ella, sí sería detectable.

En realidad, Alberto conocía casi nada concreto sobre los agujeros negros, apenas imágenes, como les sucede a los cristianos sobre lo que llaman 'Diablo', o, como prefieren los programas de televisión de los evangelistas brasileños, sobre 'Lucifer', usando una palabra que no requiere traducción pues es la misma que aprendieron en inglés en cursillos dados por pastores norteamericanos. En portugués han propagado el concepto 'Lucifer' con tanto éxito que han cambiado a Brasil, y ahora lo intentarán en castellano esperando tener resultados similares en el resto de Sudamérica.

En parte esa ignorancia de Alberto se debía a esas dos palabras que le dan nombre a una posible solución de las ecuaciones de Einstein: 'agujeros' y 'negros'. También constituía en su cabeza una oquedad, un espacio del que las palabras no podían salir para ser pronunciadas por sus padres, sus hermanos, el mismo abuelo. Es que la historia del encuentro del abuelo de Alberto con Einstein en la estación de trenes de Berazategui se había transformado en un nudo nunca discutido explícitamente en la familia, pero que tenía encerrado al abuelo en un agujero oscuro, también negro, del que él no podía escapar ni los demás entrar, salvo

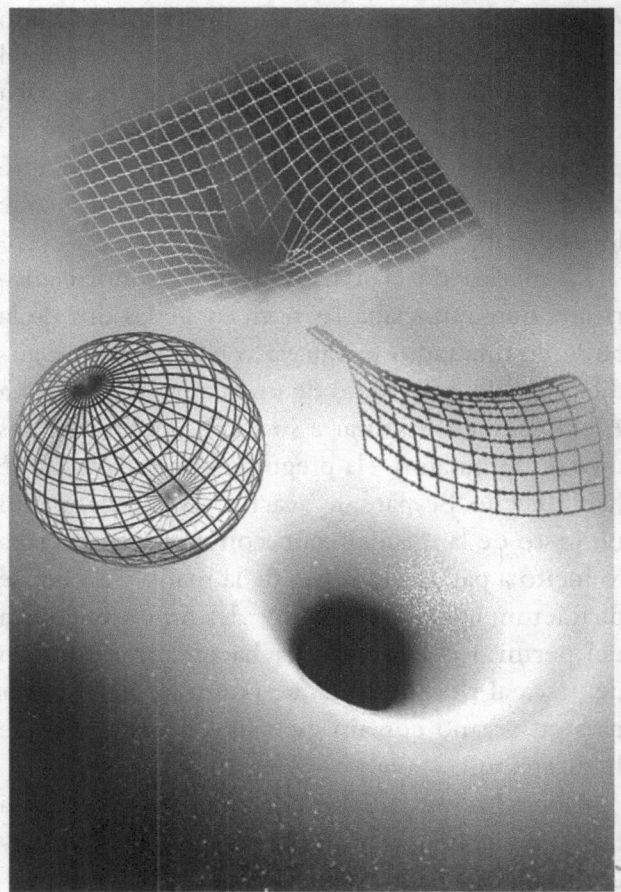

El espacio podría ser como la superficie cerrada de una naranja, o abierta como una silla de montar

Alberto que justamente logró penetrarlo cuando en esa tarde calurosa y húmeda, abatido por el peso y el silencio de la siesta —solo se escuchaba el murmullo de la radio que reposaba sobre las piernas de su abuelo, que dormitaba— se decidió a interrogarlo sobre el asunto sabiendo que nadie lo escuchaba.

La música de la marina de guerra norteamericana que anunciaba las noticias de las dos de la tarde de una radio uruguaya venció al apenas audible sonido de la radio de un vecino y despertó a Alberto quien, al mirar a su nieto, adivinó —y sus ojos se iluminaron— la pregunta que todavía no le había hecho. Se paró, le acarició la cabeza, y con un gesto de la misma mano con que lo acariciaba lo incitó a pararse, lo tomó de la mano y ambos se dirigieron, apurados, al taller del fondo en busca del permiso del padre para hacer una excursión de pesca al río Hudson, que como es bien sabido, pasa en verano con un escuálido caudal cerca de Berazategui.

Alberto no mencionó la razón que se escondía tras la excursión, porque las palabras 'agujero negro' eran, como ya explicamos, parte de lo indecible, como lo era la sombra del juicio a su abuelo por el sabotaje a las vías, y luego la cárcel, y luego la vergüenza familiar compartida en silencio que sufrieron todos los Vadden cada vez que tenían que dar su apellido en una oficina pública de cualquiera de las muchas que hay en Berazategui. Tuvo que pasar un tiempo inversamente proporcional a los pocos hechos excepcionales que tenían lugar en esa ciudad para que ya nadie recordara ese asunto ni el apellido de su protagonista. De haber mencionado las palabras 'agujero negro', el efecto hubiera sido un categórico 'no' al permiso que abuelo y nieto buscaban.

Llegaron al río a las 4 de la tarde. Allí, sin siquiera preparar los anzuelos, el abuelo hizo cerrar los ojos a Alberto para que escuchara con más atención lo que pasó a explicar:

'Imaginá que un pez tiene como profesión la de investigar fenómenos físicos. Vive en este río, cerca de una caída de agua, una cascada bastante profunda, es decir de caída casi interminable, de muchos, muchos metros. Por ello en su caída, el agua va ganando más y más velocidad por la acción de la fuerza gravitatoria.

Ese pez tiene una cita con un amigo ciego, un sapo de profesión químico, que lo estará esperando al borde del río justo antes de donde comienza la cascada. Se dirige al encuentro nadando en la zona en que el río tiene unos pocos centímetros de profundidad. Pero, distraído como suele ser un tipo de pez que es el de los físicos, olvida que debe detenerse antes del inicio de la caída de agua. Cuando la descubre ya es tarde, y el pobre pez es arrastrado y empieza a caer a lo más profundo del río como si lo hiciera en un pozo interminable.

Agua y pez caen juntos como cayeron la piedra y la pluma independientemente de su masa desde la torre de Pisa en el experimento imaginario que tan bien describe un alumno de Galileo Galilei. Esto fue luego confirmado por el jesuita Giovanni Riccioli, quien en un principio dudó de esta afirmación de Galileo, una vez más quiso criticarlo, y repitió el experimento pero en otra famosa torre, la Asinelli de Bolonia que apenas tiene una inclinación respecto de la vertical de 1,3 grados, frente a los casi 4 grados que hoy tiene la torre de Pisa. Luego del experimento debió admitir que lo que Galileo había escrito en sus *Diálogos* era correcto y así lo consigna en una extensísima enciclopedia en gran parte dedicada a criticar la obra de Galileo.

Claro que cuando apareció el libro en 1651 Galileo no pudo alegrarse pues habían pasado nueve años desde su muerte. Eso es lo que tienen las leyes de la física: valen en Pisa, Valen en Bolonia, valen

El pez es arrastrado y empieza a caer por la cascada

en Berazategui. No importa si hay nubes o es un día soleado, si se trata de una piedra o de un trozo de madera. Las leyes de la física son universales.

No es el caso de las supuestas leyes de la química o de la economía, por dar dos ejemplos. Las de la química provienen de leyes más generales de la física, como señala acertadamente Steven Weinberg, uno de quienes lograron unificar tres de las cuatro fuerzas fundamentales de la Naturaleza. Y cuando los economistas hablan de leyes, mejor escapar de ellos antes de que las apliquen.'

'Pero volvamos al pez y al sapo,' siguió el abuelo, 'cuanto más profundamente caen el agua y el pez, la velocidad con la que lo hacen crece y se acerca más y más a la velocidad del sonido en el agua, que es de unos 1.500 metros por segundo. Durante su caída, el pez grita asustado tratando de que el amigo sapo se dé cuenta del peligro y lo ayude, pero el sonido cada vez tarda más en llegar a la superficie. Cuando la velocidad con que cae el pobre pez llega a igualar a la del sonido, sus gritos tardarían un tiempo infinito en llegar a la superficie en que lo espera el sapo. Las ondas sonoras viajan en el agua a la velocidad de siempre, pero como el agua fluye igual o más rápido que esas ondas y lo mismo pasa con el pez, su amigo el sapo ciego jamás se enterará.'

Después de detenerse en su larga historia para tomar el agua que había llevado en su cantimplora, volvió a su relato.

'Ahora bien, al atravesar la región en que las velocidades de caída de agua y la del sonido se igualan, el pez no sentirá que suceda nada raro ya que, aparte del sonido, ningún otro fenómeno físico distinto a los que tenían lugar hasta segundos antes ocurrirá a partir de la región que corresponde a velocidades iguales o mayores que la del sonido, y que se puede considerar un "horizonte de sonido". Nosotros usamos en la vida cotidiana esa palabra para designar la línea que separa el cielo de la Tierra, el límite que divisamos al caminar a campo abierto. No podemos saber qué hay más allá de él: si hay árboles, casas, animales. Con el horizonte de sonido sucede lo mismo: más allá de él, el sonido no podrá ser escuchado. Pero por lo demás, todo sigue igual. Podríamos hablar de un agujero de sonido.' Por fin el abuelo se acercaba a la explicación que Alberto esperaba.

'Lo mismo sucede con los agujeros negros, pero no con el sonido sino con la luz: cuanto más se acerque un aparato o una persona a lo que se conoce como el "horizonte de un agujero negro", más tardará en llegarnos la señal luminosa que nos envíe para que sepamos donde está. Y para cuando llegue al horizonte la señal tardará un tiempo infinito, nadie podrá detectarla. En realidad no podremos detectar señal alguna, no necesariamente luminosa, porque sea lo que sea esa señal no puede viajar a más velocidad que la de la luz, según establece la relatividad restringida.

Uno nunca puede detectar el momento en que algo penetra en un agujero negro, así como el sapo ciego no pudo escuchar los gritos de su amigo pez una vez que este llega a lo que para el sapo es horizonte del agujero de sonido. Y así como el pez no sentirá al atravesar el horizonte de sonido nada diferente a lo que venía sintiendo, la persona que atraviese el agujero negro en un principio nada diferente detectará.'

No sabemos si Alberto logró entender la analogía que le describió su abuelo entre el pez cayendo en una cascada de agua y una persona, por ejemplo él, cayendo en un agujero negro. Lo que sí no lograba comprender exactamente era la esencia de un agujero negro y por qué en los diarios aparecían a veces artículos en los que se afirmaban que existían. Le costaba aceptar que la misma gravedad que hacía caer al agua y al pez a tal velocidad que el sonido de los gritos de este último no pudiera escapar para llegar al sapo, era la que en un agujero negro hacía que nada, ni siquiera la luz, pudiera escapar de él.

Sí comprendió luego, al leer algunas frases de un libro plagado de fórmulas incomprensibles que había sacado de la biblioteca al día siguiente de la partida de pesca, que para que la gravedad produjera un agujero negro era necesario que una enorme cantidad de materia se compactara en una región suficientemente pequeña. O sea que los agujeros negros tenían que ver con la existencia de materia concentrada en un lugar pequeño, entendiendo por materia ese término usado para referirse a las sustancias de las que están hechas todas las cosas, todos los cuerpos, todas las galaxias, todo lo que hacía que el Universo no fuera un lugar vacío de materia.

Y en el centro de esa esfera que él asociaba a un agujero negro, había algo singular, algo distinto al espacio por el que caminamos, una 'singularidad esencial' la llamaban los libros, un lugar cuyo tamaño era como el de un punto, pero no un punto como el que ponemos al final de una frase. Un punto en el sentido de la geometría. Es decir algo sin dimensiones. Conviene agregar, aunque Alberto no lo supiera, que los agujeros negros pueden tener otras formas, por ejemplo la de lo que los matemáticos angloparlantes llaman *doughnuts* y los españoles 'rosquillas' cuando quieren explicar la figura geométrica de lo que en geometría se conoce como un 'toro' en castellano.

Descubrió que a esa singularidad los libros la llamaban 'singularidad desnuda' y que, según físicos famosos y supuestamente divertidos, afirmaban que estaba censurada, escondida por el horizonte del agujero negro. A ese fenómeno, grandilocuentemente, se lo denomina 'censura cósmica'.

¿Pero cómo se creaba un agujero negro? Como siempre, Alberto buscó en el diccionario enciclopédico Salvat que eso podía suceder cuando una estrella u otro cuerpo cósmico colapsaba: los agujeros negros no eran otra cosa que el resultado final del colapso de partículas que formaban algunos cuerpos celestes, colapso producido por las fuerzas de atracción gravitatoria entre las partes de la materia que los formaban, colapso en el sentido de que el volumen de una masa muy grande va ocupando menos y menos lugar.

Finalmente, todo sucede como si el centro del agujero negro tuviera concentrada una masa enorme en un espacio infinitamente pequeño donde la fuerza de la gravedad se hace infinita y el espacio se curva infinitamente. Todas las leyes que los físicos enunciaron a lo largo de los casi cuatro últimos siglos dejan de ser ahí válidas allí.

Lo que no lograba entender Alberto era la imagen que aparecía en una de las figuras del libro, donde la masa no aparecía indicada en el centro del agujero negro sino como capas sobre el horizonte. A esas capas el autor del libro −un tal Leonard Susskind− las comparaba con 'panqueques' que se iban acumulando y que eran cada vez más delgados cuanto más cerca estaban del horizonte, cubriendo más y más el horizonte a medida que más y más materia era atrapada.

Explicaba el libro que eso era lo que un observador vería desde fuera del agujero negro, suspendido por finos cables para no caer hacia el agujero negro y poder seguir observando desde afuera. Muy distinto era lo que vería el observador si el cable se cortara y él comenzara también a caer libremente hacia el agujero negro. Nada sentiría y sin embargo ya no sería un componente más de algún panqueque sino que entraría a través del horizonte para no poder jamás escapar con vida del agujero negro.

Los planes de Alberto, que nunca contó a su

abuelo, estaban inspirados en esos cables delgados y muy resistentes. Por supuesto, también quería saber qué pasaría con el viajero una vez que 'atravesara el horizonte.' Había leído un artículo de un divulgador sobre lo que sucedería si se enviara un pequeño robot, de masa muy pequeña y no más de 10 centímetros de altura, para explorar y transmitir lo que veía y sentía al acercarse y luego atravesar el horizonte de un agujero negro cuya masa no fuera muy grande, apenas unas 10 veces más grande que la del Sol, con una circunferencia de 185 kilómetros, casi 6 veces el perímetro de la ciudad de Buenos Aires.

Al vehículo del robot se lo ponía a orbitar alrededor del agujero negro evitando al inicio que cayera dada la enorme atracción gravitatoria gracias a la fuerza centrífuga creada por la rotación producida por los motores de la pequeña nave. La circunferencia de la órbita elegida sería de 1 millón de kilómetros, frente a los cuales la superficie del horizonte se vería minúscula.

Una vez en esa órbita, se apagarían los motores y el robot, expulsado del vehículo, comenzaría a caer hacia el agujero. En su caída enviaría información codificada en un haz de luz verde de un láser. Lo primero que se detectaría es que al ir acercándose al agujero negro, el color de la luz iría cambiando haciéndose cada vez más roja (lo que se llama 'corrimiento hacia el rojo'), además de producirse también otro efecto parecido a lo que le pasa al sonido de la bocina de un tren cuando se va alejando, un efecto conocido por el nombre de quien fue el primero en describirlo, Andreas Doppler, y justamente no lo hizo para describir lo que sucedía con el sonido sino para estudiar la luz coloreada que provenía de estrellas dobles.

Del cambio de color se calculaba la velocidad de caída que, luego de pasado 1 minuto, resulta para ese ejemplo de casi la décima parte de la velocidad de la luz, cuando está a 1.700 kilómetros del horizonte. Finalmente, pasados casi 2 segundos más el robot estaría llegando a la velocidad de la luz y desaparecería en el horizonte, como lo que ocurre con el pez cuando alcanza la velocidad del sonido.

Pero ¿qué pasa si en lugar de un robot de 10 centímetros de altura es una persona la que se lanza a explorar el agujero negro? En lugar de apagar de golpe el motor del vehículo como en el caso del robot, lo razonable es ir reduciendo la propulsión para reducir el radio de la órbita. Con ello la fuerza centrífuga se hace más pequeña y la órbita se va achicando más y más por la atracción gravitatoria, acercándose cada vez más a la superficie del horizonte.

Pero ya cuando la circunferencia de la órbita llega a reducirse a 100.000 kilómetros algo extraño comenzaría a pasar. En esa órbita la diferencia entre la atracción gravitatoria sobre los pies y sobre la cabeza del explorador es del orden de $\frac{1}{8}$ de la que sentimos en la Tierra. Es cierto que en el centro del cuerpo la fuerza centrífuga neutraliza exactamente la de la atracción gravitatoria del agujero negro, pero en los pies la gravedad tira hacia abajo con $\frac{1}{16}$ veces la de la gravedad terrestre respecto del centro, y en la cabeza es la fuerza centrífuga la que tira hacia afuera con otro tanto.

Como resultado, flotando en el vehículo con los pies apuntando hacia el agujero negro y la cabeza hacia las estrellas, el explorador empieza a sentir una pequeña fuerza tironeándole los pies hacia abajo y otra similar hacia arriba en la cabeza. Es como si alguien estuviera estirando un elástico, tirando en sentido contrarios las puntas con sus dos manos. Pero aquí se trata de la fuerza de gravedad del agujero negro que es de diferente intensidad en los pies que en la cabeza. Los pies están más cerca del agujero negro que la cabeza, un efecto

De la Tierra a un Agujero Negro

que también debe ocurrir cuando estamos parados en la Tierra pero la distancia entre pies y cabeza es demasiado pequeña para que la diferencia en la atracción gravitatoria producida por la masa de la Tierra sea notada.

El explorador, haciendo que el propulsor reduzca la velocidad con que rota, va describiendo una espiral hacia el agujero negro. Cuando la órbita se reduce a 80.000 kilómetros la diferencia es de ¼ en lugar de ⅛ de veces menor que la gravedad de la Tierra. Cuando la circunferencia es de 50.000 kilómetros el estiramiento equivale al de la fuerza gravitatoria en la Tierra. A 30.000 kilómetros es de 4 veces la de la Tierra. A 20.000 kilómetros es de 15 veces, y más cerca ya el explorador no resistiría, y si quisiera resolver el problema de la distancia entre pies y cabeza haciéndose un ovillo la fuerza a la que está sometido le impediría enrollarse por lo que su cuerpo sería despedazado.

Como la marea que, por la fuerza gravitatoria, hace ascender las aguas tirándolas con más fuerza en los mares cuya distancia a la Luna es menor y con menos fuerza en los mares del lado opuesto de la Tierra, como si la superficie de la Tierra se estirara como un huevo. En el lenguaje de Einstein, es la curvatura del espacio y el retorcimiento del tiempo lo que le sucede al explorador.

Siendo que el robot tenía apenas 10 centímetros de altura, recién cuando atraviesa el horizonte sufriría el mismo destino que el explorador, por más que su cuerpo hubiera sido construido con un material súper resistente como el titanio. Dadas las dimensiones puestas en juego en este caso, apenas 0,0002 segundos después de atravesar el horizonte se desintegraría al acercarse a la singularidad central.

Alberto se había asombrado al leer el párrafo en que el autor afirmaba que cuanto más masivo fuera el agujero negro, más débiles serían las fuerzas de marea en el horizonte y fuera de él. Lo que sucede es que la fuerza de marea es proporcional a la masa del agujero negro, pero está divida por el cubo de la circunferencia. Así que si la masa es más grande la circunferencia del agujero negro crece proporcionalmente y achica la fuerza de marea. Si la masa de ese agujero negro gigante fuera un millón de veces la masa del Sol en lugar de solo 10 veces más grande como la del que exploró el robot, el horizonte sería 100.000 veces más grande y la fuerza de marea sería 10 billones de veces más débil. Así que en ese caso el explorador no sentiría efecto alguno por el estiramiento al comienzo de su viaje por el interior del agujero negro.

Supongamos que alguien en el equipo del explorador se encargara de seguir sus pasos. En este caso elijamos una ingeniera llamada Bárbara. Cuanto más se acerca el explorador al horizonte, más distorsionado lo ve Bárbara, como en las imágenes de los espejos de los parques de diversiones que se muestran en las películas, ya que a Berazategui nunca llegó uno. Y además, los movimientos del explorador se parecen a los de un filme en cámara lenta. Y por más que Bárbara reciba repetidos mensajes en código Morse que le envía el explorador anunciando 'estoy bien,' la frecuencia de las ondas luminosas que va recibiendo es cada vez más baja (más roja) y el mensaje llega a su detector de manera más espaciada 'estoy bien, es-toy bi-en, e-s-t-o...'.

Cuando el explorador llega al horizonte, lo que ve Bárbara es una imagen congelada como cuando ponemos 'pausa' en un video. Y además se produce una distorsión como cuando la pausa se usaba en los aparatos de video antiguos, llamados VHS. Finalmente cuando el explorador se acerca demasiado a la singularidad en el origen del agujero negro, la llamada radiación de Hawking (a la que volveremos más adelante) empieza a quemarlo hasta reducirlo a cenizas antes de verlo llegar al horizonte.

¿Pero qué es lo que sintió el explorador de todo lo que pudo ver Bárbara? La respuesta es: '¡Nada!' El explorador estaba cayendo en caída libre, o sea libre de toda fuerza: no hay gravedad para él en su caída. Entra al agujero negro como si hubiera encontrado una puerta abierta para entrar a un restaurante. Claro, se trataba de un agujero negro tan enorme que no sucede lo mismo que si se acercaba a uno que tuviera unas pocas masas solares. Solo al llegar muy cerca de la singularidad terminarían sus días.

Cuidado, lo que no puede hacer por la curvatura del espacio es salir del agujero negro. Quizás eso resulte difícil de aceptar, pero cuando pensamos no en el espacio sino en el tiempo, aceptamos sin dudarlo que no podemos volver atrás, al pasado. Pues bien, lo mismo pasa con el espacio para quien entra a un agujero negro. En ese caso, la curvatura del espacio y el enroscamiento de tiempo intercambian sus roles.

¿Cómo es posible que Bárbara dedujera que el explorador se volvía cenizas al llegar al horizonte, y sin embargo él estaba muy tranquilo viajando dentro del agujero negro antes de llegar a la singularidad? ¿Será que Bárbara tiene alucinaciones?

Lo que vio y luego dedujo Bárbara es sin embargo entendible sin adjudicárselo a alucinaciones: desde su punto de vista el explorador se volvió cenizas. Inclusive podría recuperar esas cenizas y estudiarlas para cerciorarse de que se trata de las cenizas del explorador. En el Universo no puede haber pérdida de información. El explorador no puede desaparecer sin dejar rastros.

Por otra parte si la relatividad general de Einstein es correcta (y de hecho los físicos acuerdan en que lo es, al menos como teoría no cuántica) al atravesar el horizonte el explorador no se enfrentará a partículas 'calientes' ni nada fuera de lo ordinario... O sea que las leyes de la física requieren que haya cenizas del explorador fuera del agujero negro pero adentro, en contraste, esté vivo. Pero como toda información es una y solo una, ¡solo debe existir una copia del explorador, no dos!

¿Pero por qué toda información es no-duplicable? Para entenderlo hay que apelar a la mecánica cuántica y su principio de incerteza, asociando cada unidad de información a un 'estado cuántico'. Si se pudiera duplicar ese estado cuántico uno podría medir con absoluta precisión la posición en ese estado usando uno de los sistemas duplicados y la velocidad usando el otro. Y con eso se violaría el principio básico de la mecánica cuántica que establece que existen pares de cantidades físicas, como la posición y la velocidad o la energía y el tiempo. Sin embargo, la física cuántica parte del principio que establece que no pueden ser determinadas a la par de manera exacta.

De esto se trata lo que se conoce como 'la paradoja de la información'. Leonard Susskind describe el asunto sobre cómo escapar de esta paradoja afirmando que no existe nadie capaz de ver la eventual copia y su original a la par: Bárbara desde fuera del agujero negro solo comprueba una copia, la que corresponde a las cenizas del explorador. Y el explorador solo comprueba la otra, la suya moviéndose dentro del agujero negro. Nunca pueden ni podrán discutir alrededor de lo que ve cada uno. Las leyes de la física no son violadas salvo que uno pretenda preguntarse cuál de las dos visiones es la 'verdadera'. Esto implica que la realidad no es única: está la realidad de Bárbara y la realidad del explorador.

Como siempre que tenía invitados, Juanita había preparado ravioles de apretado relleno, unos de verdura y otros de seso. Fatiah se había asombrado esa mañana al ver tendida en la cama de una pieza desocupada (ella era la única pensionista) una sábana sobre la que se aireaban grandes rectángulos de masa mientras que de la cocina (eran las siete de la mañana) se escapaba el perfume de una salsa densa y de un rojo oscuro en la que flotaban no una sino dos hojas de laurel. El almuerzo fue copioso y se extendió hasta las tres de la tarde, cuando Juanita subió a dormir la siesta mientras que Alberto y Fatiah se instalaban en la habitación que ella ocupaba, en la que solo había una cama cubierta con una tela que Alberto supuso marroquí y el sillón hamaca que había emigrado del living al cuarto en alquiler.

Era pleno invierno y ya a las cuatro de la tarde la luz comenzaba a escapar del cuarto.

CAPITULO 7

Entropía

ALBERTO despertó sobresaltado por la música atronadora que parecía escupir un automóvil que atravesaba la calle desierta en su viaje musical hacia la nada. Se vistió sin que Fatiah se despertara, se sentó en el sillón hamaca y evaluó las posibilidades de que su tía hubiera oído desde la planta baja los ruidos previos a la siesta, qué pensaría de ello de haberlo hecho, cuál sería su mirada cuando él y Fatiah bajaran. Como cuando era adolescente, hamacarse en el viejo sillón lo hacía centrarse en asuntos del momento no resueltos, y en este caso además de la posible reprobación de su tía se trataba de lo contado a Fatiah sobre la excursión de pesca en el río Hudson.

En la larga explicación de su abuelo había peces, gravitación, agujeros sonoros y agujeros negros pero la palabra 'entropía', de la que había hablado el profesor al referirse al tema, no había aparecido.

Por eso, aquel día en que el profesor la nombró, al regreso, mientras el abuelo ordenaba cañas y rieles sin sacarse siquiera la campera impermeable verde oliva que formaba parte de su uniforme de pesca, comenzó la búsqueda sobre el significado de la misteriosa palabra en el sitio web de la Real Academia de la Lengua Española, al que siempre acudía a pesar de que nunca quedaba satisfecho por definiciones que Alberto intuía tautológicas aunque no supiera que esa era la palabra que describía lo que sentía: nadie le había enseñado durante sus estudios ese ni otros conceptos de la retórica.

Las dos acepciones que daba el diccionario poco parecían tener que ver con agujeros negros y, como siempre, se apoyaban en otras palabras cuya definición según el mismo diccionario volvía en círculos a la palabra inicial, aumentando la confusión. Leyó:

Entropía
1. f. Magnitud termodinámica que mide la parte no utilizable de la energía contenida en un sistema.
2. f. Fís. Medida del desorden de un sistema.
Desorden
1. m. Confusión y alteración del orden.
Orden
1. m. Colocación de las cosas en el lugar que les corresponde.

La primera duda que tuvo Alberto al leer esas definiciones fue sobre cuál es y quién determina el lugar que les corresponde a las cosas.

Por ejemplo, respecto del lugar en que se guardaban tenedores y cuchillos en uno de los cajones de la cocina de su casa, el orden debía haber sido decretado por alguien, ¿su abuela?, que en épocas para él remotas había comprado la gastada caja de guardar cubiertos de la familia, con cuatro divisiones, y luego de forrarla elegido la de la izquierda para los tenedores, la siguiente para los cuchillos, etcétera. Pero, una vez que el viento que hace volar las hojas caídas sobre la vereda deja de soplar, las hojas, ¿cómo fue que encontraron el lugar que cada una termina ocupando?

¿Y los átomos que, como adivinó Demócrito, forman la materia de los cuerpos, qué lugar terminan ocupando cuando alguien muere y en ese proceso agregan orden o desorden sobre la Tierra? ¿Es que el orden era mayor cuando el cuerpo estaba vivo y funcionando de la manera en que lo imponen las leyes de la vida?

En el colegio le habían explicado, cuando analizaban las banderas del mundo en la clase de geografía y se encontraron el lema inscripto en la de Brasil, que orden y progreso iban juntos, algo que los libros asociaban con el francés Auguste Comte que sin embargo había escrito 'El amor como principio, el progreso como fin.'

De hecho, su interés por la astronomía o más precisamente la cosmología, aunque en esos tiempos de estudiante no conocía la existencia de esa palabra, no solo se había originado en las explicaciones de su abuelo sobre los agujeros negros sino también por la complicada vida de Comte, de cuya existencia se enteró a raíz de la bandera de Brasil que había tenido que dibujar en la escuela. Y ya desde esa edad se interesaba siempre sobre las vidas de quienes siguen existiendo en el mundo de los números y las letras siglos después de haber desaparecido.

Lo que le había impactado del filósofo francés no era la doctrina del positivismo, de la que todo ignoraba, sino aquellas clases de matemática con las que Comte intentó sacar de la prostitución a quien sería su esposa, Caroline Massin. Y también trató de comprender sus estados de depresión que casi lo llevan al suicidio a causa, según su madre, de la conducta de Caroline. Y la expulsión de la *École Polytechnique,* que Alberto creía era una escuela primaria como la suya en Berazategui, motivada en 'faltas disciplinarias' cometidas justamente por

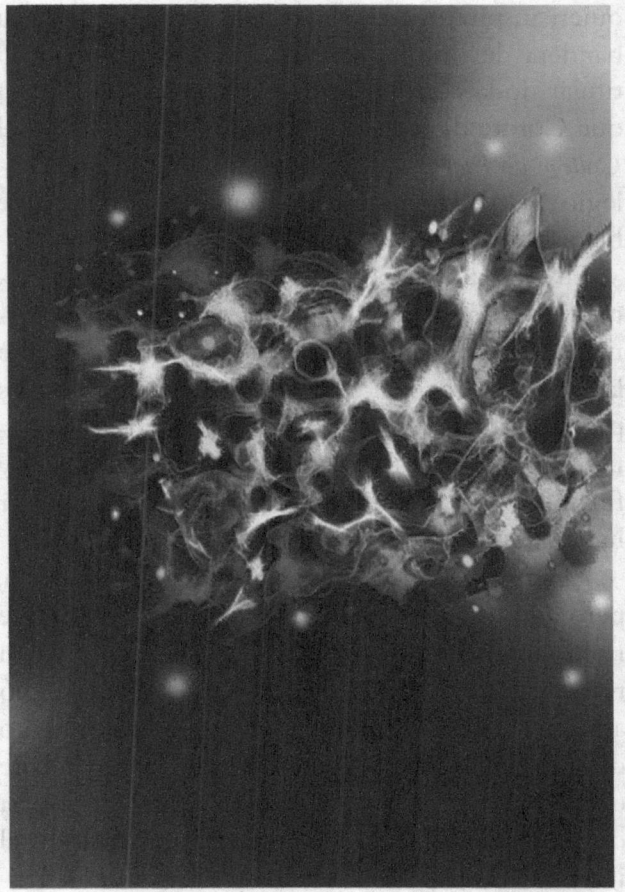

¿Qué tenía que ver el orden que pregonaba Comte con el desorden asociado a la entropía?

quien inspiraría la frase 'orden y progreso' en la bandera de Brasil. Para llegar finalmente a ser el titular de la cátedra de Historia que se creó para que Comte dictara sus célebres conferencias en el *Collège de France*, que Alberto asociaba con el colegio Manuel Belgrano de Berazategui en el que hizo sus estudios secundarios.

En esos cursos, Comte proponía un orden jerárquico de las ciencias: las matemáticas, la astronomía, la física, la química, la biología y finalmente la sociología, con cada ciencia dependiendo de las precedentes. Por ejemplo, los seres vivos están sometidos a las leyes de la matemática, de la física, y finalmente de la química, pero además van a dar lugar a las leyes de la biología.

Alberto creía dominar la matemática y la física, pero antes de pasar a la química comprendió que nada sabía sobre la astronomía y por ello, si bien respetaba el orden establecido por Comte, decidió avanzar según su propio orden en el conocimiento de las ciencias siguiendo con la astronomía. Fue de esta manera que se abrió la puerta que lo llevaría de la astronomía a la astrofísica, de la cosmología al insensato viaje por el cosmos que había comenzado a planear tan joven.

Pero, volviendo a la entropía, ¿qué tenía que ver

el orden que pregonaba Comte con el desorden asociado a la entropía? Brasil era famoso por el carnaval y el consiguiente desorden que genera, descripto exageradamente en los diarios argentinos que leen preocupados los familiares de los turistas argentinos que visitan las playas brasileñas en esos días. En breve, el desorden en que se encontraban los pensamientos de Alberto sobre entropía, agujeros negros, espacio y tiempo era en aquellos tiempos de la magnitud del que se hablaba sobre el carnaval carioca, a pesar del orden perfecto que se organiza detrás del *mestre—sala* y la *porta—bandeira* en los desfiles en el Sambódromo de Río de Janeiro.

El profesor había introducido la palabra entropía, que él mismo comprendía muy superficialmente. Esto se vio ante la pregunta que le hizo Alberto sobre lo que sucede cuando se tira gas que atraviesa el horizonte de un agujero negro '¿La entropía del gas desaparece?'

Si bien Alberto nunca había terminado de comprender las explicaciones de su abuelo sobre lo que era un agujero negro, sabía que este tenía algo así como un borde que los físicos llaman horizonte. También sabía lo que era un gas. De hecho el vapor con que la máquina que había inventado cuando niño para limpiar aceite eliminaría la suciedad del aceite de las sartenes, volviéndolo reutilizable, no era otra cosa que agua en estado gaseoso, las famosas moléculas de H_2O moviéndose locamente al escapar de la superficie del agua en ebullición.

Pero la entropía, ¿qué era la entropía? Ni él ni sus compañeros tuvieron claro al terminar la clase de qué hablaba el profesor cuando hablaba de entropía, a pesar del tono cada vez más enérgico de su discurso, que mostraba que el asunto lo excitaba y su complejidad lo enojaba. Menos aún quedó clara la eventual importancia de la entropía, el desorden y lo que pudiera perderse o ganarse en el interior del agujero negro. Luego, más calmado, mencionó el nombre del físico que pudo explicar la supuesta pérdida de la entropía del gas. 'Porque en realidad,' dijo el profesor en tono solemne y sin temer las repeticiones, 'la entropía no se perdía sino que iba a engrosar la enorme entropía del agujero negro.'

'Justamente,' continuó, 'les hablo hoy de este asunto porque la muerte de Jacob Bekenstein es inminente y fue Bekenstein quien propuso en 1973, a los 26 años, que el aumento de entropía del agujero negro es mayor que la entropía que llevaba el gas cuando atravesó el horizonte. Y a esa idea la tuvo el mismo año en que se postuló que los agujeros negros "no tienen pelo", afirmación muy atractiva que utilizaron Wheeler y el propio Bekenstein relacionando agujeros negros con cabelleras. En un principio la afirmación produjo muchos malentendidos. A un reconocido físico llamado Werner Israel, que la había utilizado previamente en un trabajo que envió a una de las revistas más importantes de la *American Physical Society*, el editor le respondió que no aceptaría tal obscenidad en la revista. Esa frase es hoy aceptada alegremente en todas las revistas de física. Y sin embargo algunos científicos critican a un médico psiquiatra muy famoso que cuando habla del falo, un concepto para él diferente del sentido original de la palabra, lo conecta con la unidad imaginaria de la teoría de las variables complejas.'

'Y con esa idea de Bekenstein, la casa está en orden. O, mejor, ¡en desorden!' terminó su clase el profesor con una risa nerviosa cuyo origen, por supuesto, nadie, ni siquiera Alberto, pretendió comprender.

'La entropía,' recordó Alberto que el profesor explicó en la clase siguiente, 'lleva la cuenta del número de estados posibles en que se puede encontrar un sistema cualquiera, se trate de un agujero negro, de las acciones de quienes juegan en el pelotero de un cumpleaños infantil, o del Universo... Se trata en general de números muy grandes, mucho más grandes que los que se obtendrían si alguien contara el número de estados diferentes en que se pueden presentar miles y miles de huevos revueltos. En este caso la idea de estados diferentes se puede aplicar al estado de los huevos que han sido partidos en un bol y luego revueltos. Las moléculas que componen a esos huevos revueltos pueden moverse para acomodarse en un número enorme, casi infinito de estados, por ejemplo con posiciones diferentes, mientras que en el caso de los huevos originales, antes de ser revueltos, el número es mucho más reducido puesto que, al menos, están separadas la clara y la yema, y los átomos que las forman no pueden entremezclarse hasta que los huevos sean batidos. Al ser batidos, la entropía del sistema aumenta.'

El profesor había comentado en el recreo que el 'excesivamente famoso Stephen Hawking,' tales fueron sus palabras, 'había inicialmente criticado estas ideas para luego casi apropiárselas de una manera tan hábil que hoy se habla de la fórmula de Bekenstein-Hawking cuando se discute la relación

La fórmula de Bekenstein–Hawking relaciona la entropía del agujero negro con su área

de la entropía del agujero negro con el área del mismo.'

El diccionario nada había aclarado, pero afortunadamente los sábados por la mañana la biblioteca pública Manuel Belgrano abría a las 9 de la mañana. Alberto puso el despertador para que sonara a las 7 y llegó tan temprano que debió esperar casi una hora al bibliotecario, a quien ayudó a abrir la pesada puerta de entrada, trabada como siempre por el óxido de las bisagras.

Pero había otro asunto ligado a los agujeros negros que volvió a su mente recordando el día siguiente de aquella tarde en la ribera del Hudson cuando su abuelo, quizás por su largo monólogo, no había logrado pescar ni siquiera un bagre, ni él entender qué era la entropía.

En el despoblado único estante de la biblioteca dedicado a la física Alberto logró finalmente encontrar un libro en cuyo índice aparecía la palabra entropía. Se trataba de un desvencijado texto de física elemental cuyo autor era Albert Resnik. El libro, afortunadamente para él, estaba escrito en castellano y en una sección titulada 'Interpretación molecular de la entropía' dedicaba dos páginas y una figura al asunto. En la figura aparecían pelotitas que quizás representaban moléculas de un gas, con unas flechitas saliendo de cada una. Las flechitas representaban según el texto la velocidad de las moléculas y parecían apuntar en direcciones al azar. En ciertos casos cambiaban su dirección seguramente porque chocaban con las paredes del recipiente que contenía el gas o con otras partículas de manera que su velocidad cambiaba no solo de dirección sino también de sentido. La dirección era indicada por la recta que formaba parte de la flecha, el sentido por la punta de la misma, y el valor de la velocidad por la longitud de las flechitas.

Alberto recordó al profesor de matemática de primer año explicando que a esas flechas los matemáticos las llamaban vectores. Luego, comenzó la explicando:

'Los vectores no son objetos peligrosos, como habían sido catalogados en tiempos de la última dictadura comandada por un general de recio bigote y endeble cerebro. Por eso habían sido prohibidos en las escuelas de la provincia de Córdoba. Seguramente el gobernador de facto lo decidió porque había recibido en algún colegio militar una sólida formación en la que el uso de vectores era fundamental para comprender la balística, lo que mostraba que los vectores podían volverse objetos peligrosos para las maleables mentes de los jóvenes argentinos.' En cuanto a la teoría de la relatividad, 'fue también prohibida porque supuestamente "ponía en crisis la condición estática de la materia", como señaló alguno de los gobernantes.'

El texto del libro que sacó de la biblioteca asignaba al conjunto de pelotitas del dibujo una cierta energía de movimiento de cada una, y una energía que tiene que ver con las fuerzas que hacen unas sobre otras. Al conjunto se lo llama 'energía interna'. Además de esa energía interna, si el recipiente en que están las moléculas se estuviera moviendo, hay que tener en cuenta la energía asociada al movimiento de las moléculas como un todo.

Si se utilizara a la energía interna para hacer un trabajo, por ejemplo para que la tapa del recipiente pueda subir y bajar como un pistón en el cilindro del motor de un automóvil, que así es como funciona, se estaría ordenando parte del movimiento desordenado de las moléculas, que se transformaría en el movimiento ordenado del pistón.

Pero el movimiento desordenado jamás puede transformarse espontáneamente en movimiento ordenado. Por eso es necesario cargar nafta para que el motor del automóvil funcione, o pagar por cada uno de los 'kilovatios/hora' que cobra la compañía de electricidad para que la heladera funcione. El Universo es tal que los fenómenos que en él tienen lugar tienden preferentemente al desorden. Entonces, si llamamos entropía a la medida del desorden, todos los procesos que tienen lugar espontáneamente en el Universos van finalmente acompañados de un aumento de entropía.

¿O es que alguien que ha visto tantas veces cómo una taza de porcelana con bellas rosas pintadas, al caer al suelo se rompe en docenas de pedacitos en total desorden, dispersos en el piso, haya visto alguna vez el proceso inverso de que un conjunto de pedacitos de porcelana se unan para formar una taza en la que aparecen perfectas las bellas rosas?

Si de alguna manera logramos que en una dada región del espacio el desorden disminuya, ello irá acompañado del aumento de la entropía en el resto del Universo, un aumento tal que por más que en la dada región el orden sea mayor, el resultado total termina siendo de mayor desorden.

Lo que más perturbó a Alberto de todo esto fue un texto que leyó sobre la entropía en una revista de divulgación cuyo nombre prefiero olvidar. No tenía demasiado que ver con los agujeros negros pero igualmente la copió en su cuaderno.

Cuando la entropía del Universo alcance su máximo valor no podrá ocurrir a partir de entonces ningún proceso. A este fenómeno se lo conoce bajo el nombre de muerte térmica (del Universo).

Los domingos toda la familia Vadden, salvo Alberto y su abuelo, iban a la capilla *Niño del Puente* donde un sacerdote jesuita, Jorge Guichandut, oficiaba la misa de once. Guichandut era un personaje famoso no solo por las letras de reconocidos tangos que su padre había compuesto y Gardel había cantado cuando él era apenas un pibe, sino por sus conocimientos de física, química y astronomía.

Para asombro de su madre, el domingo posterior a esas clases, Alberto se bañó temprano y anunció que la acompañaría a la iglesia junto a sus hermanas, cosa que nunca hacía pues se había declarado agnóstico el día que descubrió esa palabra tan atractiva como poco clara.

Durante la misa se aburrió como en los tiempos en que lo obligaban a ir, pero luego de terminada y para nuevo asombro de su madre, casi corrió hasta alcanzar al Padre Jorge, como se hacía llamar el cura, y comenzó a hablarle mientras ambos caminaban hacia la sacristía, ayudando Alberto al monaguillo con el cáliz, la casulla que ya no cubría la sobria vestimenta del oficiante, y la bandeja con las muchas ostias que no habían podido ser utilizadas dada la escasa asistencia que siempre caracterizó a esa pequeña iglesia de Berazategui a pesar de que sus habitantes se autocalificaban de católicos.

Ya solos en la sacristía ya que el monaguillo se había retirado dando un portazo, quizás celoso por la presencia de Alberto, este fue al grano y consultó al cura sobre la supuesta muerte térmica del Universo. Guichandut no pareció sorprenderse por la cuestión que le planteó Alberto y respondió inmediatamente:

'La ciencia indica que eso podría suceder pero Dios en su infinita sabiduría sabrá detener el fenómeno unos instantes antes de eso que nos llevaría *ipso facto* al día del Juicio Final, según coinciden en predecir los textos sagrados de las más diversas religiones.'

Y mientras pronunciaba esas palabras se acercó a la biblioteca y ubicó sin dudar un libro o, más precisamente un apunte abrochado como si fuera un libro, lo tomó en sus manos y, sin que fuera necesario buscar la página adecuada, el apunte se abrió en las páginas en las que el cura seguramente había consultado infinidad de veces. Leyó en voz alta una frase que, salvo la asociación con el día del

Juicio, coincidía con su respuesta.

Alberto le pidió que se lo prestara por unos días pero Guichandut no solo no lo hizo, sino que ni siquiera le permitió saber quién era el autor. Apenas pudo entrever el nombre Camilo y el final del apellido 'drigo', pues las primeras letras eran ilegibles, tapadas como estaban por un 'dale Boca' contradictoriamente escrito en color rojo. El símbolo que aparecía en la parte superior de la tapa representaba un engranaje que recordaba vagamente al que identifica a los masones, y en la parte inferior se identificaba a la editorial con las palabras 'Facultad de Ingeniería, UNLP'. El título del apunte era *Termodinámica*.

Desencantado, Alberto salió apurado de la sacristía pero Guichandut lo alcanzó antes de llegar a la puerta y, mirando a su alrededor como si temiera que alguien lo vigilara, le entregó dos libros que sostenía con una mano abierta por debajo mientras que la otra cubría la tapa del otro.

Recién cuando salió de la iglesia Alberto pudo ver el nombre de los autores y los títulos de los libros. Los apellidos eran extraños, luego los identificó como famosos físicos rusos: Lev Landau y Evgueni Lifshitz los del libro más grueso, Alexander Markovich Polyakov el autor del otro. El primero, en castellano, tenía por título *Mecánica estadística, volumen 5* y en el segundo podía leerse, en inglés, *Gauge Fields and Strings*. Y comprendió también por qué el cura cubría con la mano esos nombres: era para que su Señor o alguna chismosa o chismoso no posaran sus ojos en tales herejías...

Esa noche Alberto durmió poco pero se tranquilizó respecto de la muerte térmica del Universo, aunque una cuestión aún más misteriosa quedó instalada en su cabeza. Vayamos por partes. En las primeras páginas del primer libro, cuyo primer autor era premio Nobel, se demolía el argumento de la 'muerte térmica'. Explicaba con gran simpleza que la entropía en un sistema cerrado debía siempre aumentar, por lo que si esta se hallaba en su valor máximo era cierto que ningún proceso físico podía tener lugar, puesto que implicaría el imposible aumento de una cantidad que tenía ya el máximo valor posible. Pero cuando se estudia con las armas de la termodinámica fenómenos que tienen lugar en todo el Universo, no podemos considerar a este como un sistema cerrado. Aún si no lo consideráramos todo sino apenas una región muy grande que sea parte del Universo, no pueden dejarse de lado las fuerzas gravitatorias que, al ser tan grande la región considerada, se vuelven importantes o más aun, fundamentales.

De acuerdo a la teoría general de la relatividad, explicaban Landau y Lifshitz, esas fuerzas debían tenerse en cuenta a causa de las variaciones del espacio en diferentes puntos del Universo, variaciones que no dependen solo de las coordenadas espaciales sino también del tiempo. Según el libro, esa idea era el origen de la teoría de la relatividad general de Einstein. En conclusión, el Universo como un todo no puede ser considerado como un sistema cerrado que puede llegar al equilibrio ya que está sumergido en un campo gravitatorio variable y en tales condiciones no puede aplicarse la ley de aumento inexorable de la entropía de manera ingenua como lo hacía el profesor de Termodinámica de una Facultad de Ingeniería. Basta pensar que el Universo se expande, cambia con el tiempo y con él cambia el escenario en que suceden las cosas, es decir, ¡cambia el espacio–tiempo! La termodinámica que enseñaba el profesor Camilo de la Facultad de Ingeniería era la de los sistemas en equilibrio y por eso, para retrasar el día en que su dios lo juzgaría, prefería pensar que algo sobrenatural sucedería por intervención divina.

Al llegar a este punto de la página 30 del libro de Landau y Lifshitz, Alberto respiró tranquilo. Dios no era una hipótesis necesaria para justificar que el Universo no llegaría inexorablemente a un estado de equilibrio absoluto en que nada sucedería.

Pero en el siguiente párrafo el libro produjo una nueva duda que dejó al pobre Alberto muy confundido. Los autores rusos argumentaban que en principio las leyes de la Naturaleza debían ser las mismas si se invirtiera el sentido del tiempo: por ejemplo, cualquier movimiento posible en que el sistema pasaba de un estado A a un estado B tenía que ser posible si se realizaba en sentido contrario pasando por los mismos puntos intermedios pero en el sentido de B hacia A. Si este principio de invariancia frente al cambio del sentido del tiempo era aplicado a un proceso en el que la entropía aumentara, el proceso inverso implicaría pasar de un estado de mayor entropía a uno de menor entropía, o sea, se trataría de un proceso posible en que la entropía disminuiría.

Landau y Lifshitz aclaraban que este problema no concernía solamente la física clásica sino a la física cuántica, de cuya existencia sabía Alberto por un libro comprado en una mesa de liquidación de la única librería de viejo que existe en Berazategui. Pero ese libro, titulado *¿Qué es la física cuántica?*, también escrito por otro autor de apellido seguramente ruso, tenía solo palabras, ninguna fórmula que le ayudara a comprender lo que los otros rusos escribían.

Después de hojear el libro de los dos rusos y a pesar de que la ausencia de fórmulas lo llevó a considerar que el otro era un librito poco serio, el precio de reventa era tan bajo que lo compró y, de hecho, la discusión sobre el proceso de medida en la física cuántica le fue de cierta ayuda. Porque el autor argumentaba que cuando se trata de hacer medidas en el contexto de la física cuántica, no existe una equivalencia entre los dos sentidos posibles del tiempo. Si después de hacer una medida del estado A, hago una medida y encuentro el resultado B en el mismo sistema cuántico, este último resultado depende y queda determinado por haber hecho anteriormente la medida A. Y algo similar pasa en el sentido contrario. Si parto de una medida del estado B para luego intentar medir el estado A, el haber medido primero B habrá modificado a su manera el resultado, que no será el que esperaba.

O sea que en lugar de la gravitación, ahora es la teoría cuántica con sus modificaciones incontrolables la que resolvía el problema. Pero en el otro libro que le había prestado el cura, aquel escrito por el también ruso Polyakov, encontró una frase inquietante ya en el comienzo, más precisamente en la página 13. La descubrió porque Guichandut, el dueño del libro, la había marcado con un grueso trazo rojo. Utilizando el traductor de Google pudo leer 'en el caso cuántico la inversa de la temperatura actúa como si fuera un tiempo imaginario.'

Y Sasha Polyakov con 'imaginario' no se refería al concepto de 'falo' que tantas angustias le habían costado al Doctor Jacques Lacan, sino a la generalización matemática que pasa de los números 'reales' a los 'complejos'.

Alberto siguió traduciendo el resto del párrafo de Polyakov y su asombro fue grande porque afirmaba que él 'sentía' que hay razones profundas para esto de la relación entre temperatura y tiempo imaginario, razones que están conectadas 'con las propiedades del espacio—tiempo.' Nuevamente el asunto terminaba en la misma dirección de la idea de Landau, y de hecho Polyakov la había concebido ya como estudiante durante su trabajo en el Instituto Landau de Moscú. En el párrafo final Polyakov anuncia que 'aunque no exista una verdadera explicación, presentaré algunos comentarios sobre esto más adelante, cuando discuta la gravitación.'

Primera cuestión insólita para Alberto: los físicos 'sienten' que las cosas son o pueden ser como son. La segunda: ¿Una relación entre el 'tiempo imaginario' y la temperatura? ¿A qué se refería Polyakov al usar la palabra 'relación'? Nunca lo supo Alberto ni lo supieron los lectores del libro de Polyakov, pues los comentarios prometidos están ausentes al menos en la primera edición del libro que le había entregado el cura.

Volviendo a la entropía y a la excursión de pesca, mientras guardaba las cañas y acomodaba las cajas de anzuelos el abuelo había repetido dos veces, como si fuera un poema y no una ley, algo que quedó resonando en la cabeza de Alberto.

'Toda la materia que cae en un agujero negro es vista, por un observador externo, como capas que van sedimentado el horizonte, como panqueques cada vez más finos en su eterna caída. Es por eso que la entropía de los agujeros negros es proporcional a su área.' ¿Había sido su abuelo o algo que había leído en uno de esos libros que nunca terminaba?

Esa ley fue sugerida, como había señalado el profesor, por Jacob Bekenstein cuando tenía 26 años. Inicialmente había sido rechazada por Stephen Hawking con un argumento simple: de acuerdo a la física clásica si algo tiene entropía tiene que tener temperatura, y si algo tiene temperatura, ya sea la frente de una persona que tiene fiebre, ya sea una estrella, debe irradiar calor, luz. Pero un agujero negro no puede irradiar y por lo tanto no puede tener temperatura, y entonces tampoco puede tener entropía.

Un año después de su rechazo, el propio Hawking, usando una combinación de las leyes de la termodinámica y de la teoría cuántica en espacios curvos como el de nuestro Universo, mostró que los agujeros negros podían emitir radiación, confirmando así la idea de Bekenstein.

CAPITULO 8

Konstantin Eduardovich

ALBERTO conocía bien al menos uno de los problemas fundamentales que se plantea cuando se pretende enviar una nave para explorar el espacio exterior o para poner en órbita alrededor de la Tierra a un satélite: se requieren toneladas y toneladas de combustible que, transformado en gas durante la combustión, crea el chorro que impulsa al cohete hacia el espacio. Para explicar esto, el profesor de física había usado la analogía de un globo inflado con aire cuando se lo suelta sin haber cerrado la salida por la que sopló. El aire escapa en una dirección hacia abajo: la 'acción' de la remanida tercera ley de Newton, e impulsa al globo en la dirección opuesta, la 'reacción'. En el caso del cohete, el calor que genera el combustible lo lleva al estado gaseoso y esos gases calientes son los que en este caso ejercen la acción, y la reacción es la que hace ascender al cohete.

Alberto pensaba que lo de las toneladas era un error del artículo publicado por la NASA que había leído. No sería la primera ni la última vez que la NASA se equivocaba: por la web se había enterado que los científicos que se encargaban de una operación espacial de la Agencia utilizaron los datos que les mandaba la compañía Lockheed Martin utilizando el sistema inglés de pesos y medidas, siendo que ellos los tomaron como si correspondieran al sistema métrico.

No dudó entonces en confirmar los cálculos aparecidos en la publicación que establecían que para poder poner en órbita a un satélite, el cohete que lo lleve debe alcanzar una velocidad aproximada de 40.000 kilómetros por hora. Debió estudiar bastante para hacer ese cálculo ya que las clases de física del colegio no eran suficientes porque no iban más allá de los típicos problemas de 'tiro vertical' y de la tercera ley de Newton que explicaba por qué el chorro que salía hacia abajo impulsaba hacia arriba al cohete. Finalmente concluyó que en este caso la muy mediática NASA estaba en lo cierto.

En otro de los muchos artículos que encontró se explicaban las dificultades para lograr que las reacciones químicas del combustible, al consumirse, produjeran un chorro capaz de hacer alcanzar al cohete esa velocidad. Es cierto que a medida que el combustible se va consumiendo la masa total del cohete va disminuyendo por lo que la energía que hay que gastar para que siga ascendiendo va disminuyendo hasta llegar a ser tal que, con lo que queda de combustible, el cohete logra entrar en órbita.

Debió aceptar que el costo y las dificultades técnicas hacían imposible que pudiera utilizar la propulsión a veces llamada 'a chorro', dado los fondos y las herramientas con que contaba en Berazategui, sobre todo teniendo en cuenta el lejanísimo destino con el que soñaba. Los pocos amigos a los que habló de su proyecto catalogaban a sus planes, más que como sueños a cumplir en el futuro, como divagaciones del presente.

Una idea simple y con costos mucho más bajos para suplantar al cohete se fue afirmando en su mente, aunque tuviera claro que llevarla a la práctica, viviendo en Berazategui, tampoco era demasiado factible. No surgió de la nada sino, como siempre, de los relatos de su abuelo. En este caso, originado en los pocos meses que pasó el bisabuelo de Alberto cuando fue enviado a la recién formada Unión Soviética como técnico 'electrónico' de la embajada alemana, para instalar un sistema de comunicaciones que permitiera enviar información secreta a Alemania sin que fuera interceptada por los servicios de inteligencia locales.

La estadía de los Vadden en Moscú coincidió con los años en que Konstantin Eduardovich Tsiolkovsky comenzaba a ser reconocido en la Unión Soviética y no tomado por un loco. Ya había sido elegido miembro de la Academia Socialista, fundada por Lenin con el objetivo de impulsar investigaciones en todas las áreas del conocimiento, de manera independiente de la anquilosada Academia de Ciencias creada por el zar Pedro el Grande en el siglo XVIII.

Debieron pasar muchos años desde su muerte para que Tsiolkovsky se volviera el héroe soviético de los viajes espaciales y mereciera una estatua de esas enormes y blancas. No lo habían ayudado en vida sus teorías sobre una futura raza sobrehumana que, impopulares en la Unión Soviética a principio de la década de 1920, estaban siendo convenientemente olvidadas allí mientras renacían justamente en Alemania.

A pesar de que en vida su trabajo no fuera muy reconocido, Konstantin Eduardovich era habitualmente invitado a recepciones y reuniones como

Konstantin Eduardovich Tsiolkovsky ya no era tomado por un loco

aquella en que Kurt Vadden, el padre del abuelo Alberto, lo conociera en los salones de la embajada. Era una época en que todo lo que tuviera que ver con vuelos espaciales interesaba al ministerio de guerra alemán.

El encuentro del bisabuelo de Alberto con Konstantin Eduardovich tuvo lugar un 24 de octubre, cuando la embajada alemana, queriendo supuestamente congraciarse con el gobierno soviético, organizó un agasajo a autoridades y personalidades políticas un día antes del aniversario de la 'Revolución Roja' que se festejaba cada 25 de octubre, respetando el calendario Juliano que promedia la duración del año a 365,25 días frente al Gregoriano cuya duración de 365 difiere en apenas 0,002%. Pero esa tan pequeña diferencia hace que la fecha de la revolución corresponda a la noche entre el 6 y el 7 de noviembre de 1917, según el calendario que utilizamos hoy gracias a la modernidad que introdujo Gregorio XIII, el Papa que amaba solo a uno de sus muchos hijos no reconocidos, al que había ordenado bautizar como James Buoncompagno, como también había ordenado tortura y muerte por su falta de amor al Cristo a tantos herejes.

Ya en esa primera reunión Kurt Vadden logró

discutir con Konstantin Eduardovich sobre asuntos técnicos, tal como se lo habían ordenado sus superiores. Desde entonces y hasta la muerte del inventor ruso cuando ya los Vadden habían regresado a Alemania, fueron muchas las cartas que intercambiaron y que el abuelo de Alberto aún conservaba y releía sin importarle las bromas de la familia cuando lo veían abrir una vieja caja de zapatos en la que alguien había escrito solo la palabra 'RAUMZEIT' en grandes mayúsculas. También la caja de zapatos tenía su historia: era la que utilizaban los dos hermanos Dassler, que además de ver con buenos ojos al ejército alemán que invadió toda Europa hicieron famosa, a partir de la década de 1950, a la marca Adidas.

El pequeño Alberto, con apenas 8 años cuando descubrió la caja, fue el único miembro de la familia Vadden que quiso conocer el significado de la palabra *raumzeit*. Buscando con dificultad en el diccionario alemán–español de su familia, que lo acompañaría por el resto de su vida, pudo saber que 'raumzeit' se traducía como 'espacio–tiempo', lo que dada su edad no lo ayudó mucho.

Interesado por los delgados papeles amarillentos, arrugados, escritos con lápiz, tratando de entender por qué el abuelo los leía una y otra vez, Alberto había logrado que le tradujera, en un castellano que se volvía dificultoso, cada una de la veintena de cartas que también había en la caja, todas con el mismo *leitmotiv*, sin el más mínimo párrafo que no estuviera referido a respuestas técnicas a preguntas que el bisabuelo le enviaba a su ahora amigo ruso, en prolijas hojas 'mecanografiadas', según explicó el abuelo a su nieto.

Las ideas que Konstantin Eduardovich discutía en sus cartas tenían que ver con viajes en el espacio, un tema al que le dedicó 90 de sus 400 trabajos científicos publicados, sin poderse contabilizar los muchos que se perdieron en la inundación de 1908. A pesar de ser un autodidacta que apenas tenía el título de maestro de escuela, lograba publicarlos en revistas técnicas y científicas.

El interés de Konstantin Eduardovich en temas espaciales había sido despertado por las novelas de Verne, particularmente aquella sobre el viaje de la Tierra a la Luna, cuya historia lo aburrió bastante pero que lo hizo copiar afiebrado los datos precisos que el admirado Jules descargaba sin merced sobre el lector, algo que también podría considerarse que está sucediendo en esta novela, solo que no se trata tanto de números como de letras, las letras que usan los físicos para hacer sus cuentas.

En cuanto a la propuesta del autodidacta ruso, Alberto tuvo que mostrarle a Fatiah una nota en el sitio web de la NASA para convencerla de que no estaba riéndose de ella al hablarle del ascensor espacial que había diseñado Tsiolkovsky.

Originalmente fue en 1895, durante la visita de Konstantin Eduardovich a París, cuando comenzó su obsesión por los ascensores. Admirado al enfrentar por primera vez la recién construida torre Eiffel, imaginó un 'castillo celestial', así lo llamó, atado a su punta con un largo cable y orbitando de manera sincronizada con la Tierra como hoy lo hacen los satélites de comunicaciones o meteorológicos, que se mueven en órbitas con el mismo período que el de la rotación que marca nuestros días y noches, y que por eso reciben el nombre de satélites geoestacionarios.

Fatiah quedó asombrada luego de leer el documento que le pasó Alberto sobre las conclusiones de una conferencia sobre infraestructura espacial organizada por la tan respetada NASA en 1999, de la que participaron científicos e ingenieros de instituciones gubernamentales y de la industria. El organizador de la reunión comenta en la introducción del documento que salió de la conferencia diciendo: 'Podemos muy bien ser capaces de hacer esto.'

El principal interés de la NASA en tales reuniones era la reducción de costos que un ascensor espacial podía producir frente al método de la propulsión a chorro para enviar objetos al espacio, porque como escribió uno de los participantes en el documento 'uno de los problemas fundamentales que enfrentamos en este momento es lo increíblemente caro que es poner objetos en órbita, y el ascensor espacial puede ser la respuesta.'

Las conclusiones de la conferencia incluyen el análisis de la energía necesaria para mover una carga útil en ascensor espacial desde el suelo hasta la órbita geoestacionaria que resultaría ser relativamente baja. Por ejemplo 12.000 kilogramos de carga útil del transbordador espacial costaría no más de 17.700 dólares para un viaje de ascensor. ¡El viaje de un pasajero con 150 kilogramos de equipaje podría costar solamente 222 dólares! 'Compare eso con el costo de un viaje en los cohetes convencionales, que en 1999 sería de 22.000 dólares por kilogramo de peso. Estamos hablando de unos pocos dólares por kilogramo de carga usando el ascensor.' Otra conclusión fundamental de la conferencia se refería a que ya en 1999 existían materiales reales suficientemente fuertes

*Admirado al ver la torre Eiffel, imaginó un
'castillo celestial' atado a su punta por un largo cable*

como para que la existencia de un ascensor espacial fuera en principio posible.

¿Pero qué respondía en sus cartas Konstantin Eduardovich a las preguntas del bisabuelo de
Alberto? Por momentos parecía molesto ante las
dudas de Kurt y sus frases se volvían irónicas. En
realidad lo que sucedía era que Konstantin Eduardovich utilizaba lo que los alemanes llaman *ge-
dankenexperiments*, experimentos mentales que los
físicos emplearon durante todo el siglo xx de manera muy astuta. Pero a Kurt no le interesaban los
experimentos de la mente, él quería construir un
ascensor. O al menos dejar listos los diseños para
cuando construirlo fuera posible.

El hijo de Kurt, el abuelo Albert, había comprendido muy bien la diferencia: lector de Einstein, un contemporáneo de Tsiolkovsky, conocía
muy bien la técnica de ese otro Albert cuando por
ejemplo para explicar la equivalencia entre gravedad e inercia en la que se basaba su relatividad 'general', la de 1916, usaba justamente como ejemplo
un ascensor en el espacio o aquel viaje mental que
había imaginado a los 16 años, con un observador
moviéndose a la velocidad de la luz para demostrar
la incongruencia de imaginar posible el viaje a esa
velocidad de objetos masivos, una de las piedras

basales de la relatividad 'especial', la de 1905.

Vale la pena detenerse en las elucubraciones que Einstein presenta al relatar ese viaje mental que imaginó hacer a la velocidad de la luz en sus bellas notas autobiográficas.

> Si yo persigo un rayo de luz viajando como él a la velocidad de la luz, vería al rayo como un campo electromagnético en reposo, siempre a mi lado, pero oscilando en el espacio.
>
> No parece sin embargo existir tal cosa ni en base a la experiencia ni de acuerdo a las ecuaciones de la teoría electromagnética que construyó Maxwell en la década de 1860.
>
> Desde un principio me pareció intuitivamente claro que, juzgado desde el punto de vista de tal observador, todo tenía que suceder de acuerdo a las mismas leyes que valen para un segundo observador en reposo con respecto a la Tierra. Porque ¿cómo puede saber el primer observador que está en un estado de rápido movimiento con velocidad constante y no en reposo?

Es a partir de la idea que encierra este experimento de la mente concebido por Einstein en 1895 que postularía diez años después, en el marco de la teoría de la relatividad restringida, que la velocidad de la luz en el espacio vacío es la misma para observadores que se muevan unos respecto de otros a velocidad constante.

En cuanto al experimento mental del ascensor, Einstein lo ideó en 1907 a los 28 años, cuando ya era famoso, extendiendo sus ideas al caso en que el observador está moviéndose con movimiento acelerado. Esa extensión lo llevaría a construir la teoría de la relatividad general, menos conocida por sus admiradores profanos. En uno de sus libros de divulgación escrito en 1938 en colaboración con Leopold Infeld, describe al nuevo *gedankenexperiment* que propone así:

> Imaginemos que en un lugar remoto hay un inmenso ascensor en el último piso de un rascacielos muy alto, mucho más que los que existen realmente.
>
> De golpe se rompe el cable que sostiene la cabina y esta comienza a caer libremente. Los observadores que se encuentran en ella efectúan durante la caída algunos experimentos.
>
> Al describirlos no tendremos en cuenta ni la resistencia del aire ni de la fricción, lo que es perfectamente compatible con un experimento ideal.
>
> Uno de los observadores suelta un pañuelo y un reloj. ¿Qué cosa sucede con estos dos cuerpos?
>
> Para un observador exterior, que mira por la ventana de la cabina del ascensor, el reloj y el pañuelo caen ambos exactamente de la misma manera, con la misma aceleración que el ascensor.

Recordemos que la aceleración de un cuerpo en caída es del todo independiente de su masa. Pero como lo mismo sucede con la cabina —paredes, piso y techo— la distancia entre los cuerpos y el piso no variará.

Para el observador interno los cuerpos se mantendrán exactamente en el mismo lugar que ocupaban cuando él los soltó. Él puede ignorar la fuerza gravitacional que reside por fuera de su sistema de referencia. Por esto, el observador constata que en el interior del ascensor ninguna fuerza actúa sobre los cuerpos que se encuentran como si estuvieran en un sistema de referencia en reposo o con movimiento a velocidad constante. ¡Algo insólito sucede dentro de la cabina en caída libre!

El movimiento de la cabina, y de todos los cuerpos en su interior está en conformidad con la ley de gravedad de Newton.[...]

El movimiento que mide el observador exterior no es uno que corresponde a una velocidad constante, sino que la velocidad aumenta al pasar el tiempo, es un movimiento acelerado debido a la atracción gravitatoria de la Tierra.

Pero físicos que hubieran nacidos y educados en la cabina razonarían de un modo completamente diferente. Ellos sentirían que disponen de un sistema de referencia inercial y no acelerado y referirían todas las leyes de la Naturaleza al ascensor... Para ellos sería totalmente natural suponer que su ascensor está en reposo.

Un sistema inercial podría ser aquel en el que el sistema de medida está fijado en una lejana estrella que a efectos de la medida pueda considerarse fija, aunque en realidad pudiera tener una aceleración indetectable para los aparatos de medida que se utilizaran. Sigue Einstein escribiendo:

> Es imposible pronunciarse sobre la divergencia entre los contradictorios puntos de vista del observador externo y del interno.
>
> La fuerza gravitatoria existe para el observador externo pero no existe para el observador interno.
>
> El movimiento acelerado del ascensor sujeto a la fuerza gravitacional de la Tierra existe para el observador externo mientras que el observador interno no detecta otra cosa que reposo.
>
> En resumen, existe una completa equivalencia física entre un campo gravitatorio y una aceleración de un sistema de referencia (el ascensor).

Volviendo a Tsiolkovsky, sus experimentos mentales tenían otro carácter. No pretendían explicar a la Naturaleza sino utilizar sus leyes en construcciones como las de torres imposiblemente altas, ferrocarriles que rodeaban asteroides, largas correas extendidas en el espacio. Diseñaba, aún antes de los pioneros vuelos de los hermanos Wright, cohetes de varios pisos destinados a viajar por los cielos, trajes especiales para los pilotos, estaciones espaciales presurizadas.

Estudiaba el movimiento de las personas en espacios libre de toda fuerza gravitatoria y cómo podrían trasladarse y rotar para capturar un objeto o dirigirse a un lugar preciso sin contar para ello con las condiciones habituales que nos permiten movernos. Todo eso había nacido de sus lecturas de las novelas de Jules Verne y ya a los 16 años había creído descubrir una noche la manera de hacer excursiones espaciales aprovechando la fuerza centrífuga.

Bastaron pocos días para que Tsiolkovsky encontrara el error de esta última idea, pero aquella noche en que no pudo dormir por la excitación dejó una impresión que lo acompañó la vida entera, y por eso siguió soñando con elevarse algún día a las estrellas con una máquina y experimentar entonces la misma exaltación que en aquella noche inolvidable.

CAPITULO 9

Fatiah en la Secretaría de Seguridad

Por fin volvemos al inicio de esta historia, cuando abandonamos a Alberto luego de su interrogatorio por dos personajes gordos en el bar *InfusionArte* el mismo día en que Fatiah lo había dejado con su tía porque quería comprar un teléfono celular, asesorada por el técnico en computación a quien sus compañeros del hospital llamaban Cerebrito, tan grandes eran sus conocimientos de la computación.

De regreso a su casa, desorientado como estaba por la salida de Fatiah con el técnico, decidió distraerse del asunto buscando en internet empresas que se dedicaran a fabricar cables de acero. Como siempre le sucedía, en unos pocos minutos lo de Fatiah pasó a ser un incidente menor frente al asunto del cable y su proyecto de ascensor era nuevamente el centro de sus preocupaciones.

Alberto sabía que para llevar a la práctica las

ideas de Tsiolkovsky enfrentaba dos problemas principales, y muchos que consideraba secundarios aunque en realidad no lo fueran: el primero, conseguir los fondos para construir una torre altísima; el segundo, encontrar en la Argentina un experto capaz de fabricar un cable capaz de resistir el peso del ascensor espacial, de su carga y del propio cable.

A la torre la imaginaba parecida a las muchas fotos de la torre Eiffel que había ido acumulando desde que se decidió a seguir las ideas de Tsiolkovsky. Sabía que fue luego de su viaje a París, en 1895 que Konstantin Eduardovich, impresionado por la obra recientemente inaugurada, imaginó torre y ascensor, y por eso se concentró en la famosa torre.

Ahora bien, la torre Eiffel tiene 324 metros de altura, incluidas las antenas que se elevan en su punta, y la que Alberto necesitaba debía tener en principio una altura mínima de 50.000 metros para llegar a la región desde la cual podría viajar hacia lo que él imaginaba como un mar de agujeros negros y estrellas. A esta dificultad se sumaba que la estructura metálica de la torre Eiffel pesa unas 7.300 toneladas por lo que aun contando con materiales más ligeros y resistentes que el hierro forjado utilizado en la década de 1880, el costo de toneladas de material requerido para su torre y la ingeniería necesaria hacían imposible pensar en construirla en Berazategui.

Pero como vimos, Alberto también conocía los trabajos que publicó Yuri Nikoláyevich Artsutánoven en la década de 1960 proponiendo la construcción del ascensor espacial que se prolongaría más allá de la órbita geoestacionaria del satélite. Con su idea la construcción dejaba de ser una obra faraónica pues no sería necesario construir la torre hacia arriba, sino que podría ser desplegada hacia abajo desde un satélite situado en tal órbita que, como su nombre lo adelanta, se ve inmóvil desde la Tierra porque su período de rotación es idéntico al de la Tierra, 23 horas, 56 minutos y 4,09 segundos. Claro, se necesitaría que a alguno de los satélites que la empresa Arsat planeaba lanzar para extender las comunicaciones y emisiones de televisión en la Argentina se le agregaran los implementos necesarios para transformarlo en el satélite que había ideado Yuri Nikoláyevich.

Su contacto en Arsat no respondía a las llamadas que hacía a la oficina. Alberto ignoraba que su amigo había sido despedido en enero de 2016, luego del cambio de gobierno en diciembre 2015.

Cuando todavía no había sido elegido, el candidato a presidente había calificado el lanzamiento del primer satélite como algo tan inútil como poner en órbita una heladera. Evidentemente esa idea no se había modificado a pesar de las protestas del ambiente científico por lo que, a partir de su asunción, entre la ola de despedidos y reemplazos en organismos estatales, a muchos empleados de la empresa Arsat no se le había renovado el contrato. Decidió nuevamente intentar llamar a otro número telefónico de Arsat que encontró en la *web*.

Antes de que alguien respondiera sonó repetida y fuertemente el timbre de la casa. Supo que se trataba de Fatiah, de regreso al fin luego de casi tres días de ausencia. Había decidido no contarle su encuentro con los gordos ni preguntarle detalles de lo sucedido a partir de la interrupción del desayuno y la salida con el técnico en computación.

Cuando abrió la puerta se encontró a Fatiah con el rostro ensombrecido a pesar de las lágrimas que no habían terminado de secar, y que hacían brillar la galaxia de pequeñas marcas de sus pómulos. La hizo pasar apurado y la guió por el pasillo que llevaba a su habitación en la parte trasera de la casa. A pesar del calor cerró puerta y ventanas. Había comprendido que algo grave había sucedido y que su familia debía quedar fuera del asunto.

Al entrar, Fatiah se arrojó sobre el único sofá de la habitación, frente a la cama donde se ubicó Alberto, y comenzó a hablar luego de un larguísimo silencio o de unos pocos pero largos segundos que transcurrieron mientras ambos miraban el suelo enmudecidos, como si hubiera un riesgo de que, al levantar la mirada, pudieran convertirse en estatuas de sal.

El de Fatiah fue un largo relato que solo se interrumpía, con más frecuencia que lo habitual, cuando buscaba la palabra en castellano necesaria para reemplazar la que encontraba en el árabe o en el francés que naturalmente aparecían en su mente. Hablaba monótonamente, como se lo hace en el *magrib*, la oración del ocaso que realizaba junto a sus dos hermanas cuando vivía con su familia en Argel. Abandonada la familia cuando se instaló en la *rue Tolbiac* de París, donde convivía con otros estudiantes, la oración volvía en los momentos difíciles aunque más no fuera para marcar el ritmo de sus palabras.

'El sábado en que me vino a buscar el técnico mientras estábamos desayunando con tu tía,' comenzó, 'yo no lo esperaba. Habíamos arreglado para que me ayudara con la compra de mi computadora pero no habíamos fijado todavía ni día ni hora. Vino cuando él lo decidió. O cuando le dijeron que viniera.

No bien salimos me tomó del brazo y, mientras me decía que había algo muy importante que teníamos que charlar, me arrastró casi hasta un auto verde donde había una persona gorda al volante y otra igualmente gorda en el asiento del acompañante. No bien subimos, el conductor aceleró brutamente y en menos de dos minutos llegamos a una autopista pero antes de tomarla el técnico bajó del auto diciéndome "No tengas miedo, no es nada, todo estará bien." Ellos me ubicaron, me hicieron unas pocas preguntas y luego me dijeron que querían verte. Después de más de media hora llegamos a una ciudad con muchos árboles. Atravesamos un bosque y llegamos a un edificio enorme, con una gran escalinata más moderna que el resto de la construcción, frente a una plaza con árboles muy hermosos. El edificio era antiguo, con la pintura descascarada y lo que habría sido un jardín que lo rodeaba pero ahora descuidado y sucio, con plantas moribundas y dos fuentes de agua con caños oxidados.

El automóvil estacionó frente a la gran escalinata de granito del edificio. Al bajar uno de los gordos me tomo suavemente por el hombro y el otro se puso del otro lado de manera de dirigir mis pasos. Así llegamos a una pequeña puerta sobre una calle lateral, muy cercana a la esquina. Entramos, pasamos los controles de dos policías uniformados sin que hiciera falta que los hombres que me guiaban tuvieran que dar información alguna. Salimos a un patio, parecido a los corrales que veo aquí en las afueras de Berazategui, en los que, en algunas casas, hay gallinas picoteando granos en lugares parecidos a los *poulaillers* de Alger.

Pero este patio era enorme y horrible. Estaba vacío pero mis oídos empezaron a oír un murmullo, voces y lamentos, lejanos en el tiempo, como cuando uno escucha música en una radio mal sintonizada. Pero no era música, eran gritos y quejidos, ruidos de golpes, y de gotas de un líquido denso chorreando sobre el suelo. No era el chorro de agua de una canilla ni el de un goteo cuando quedó mal cerrada, eran gotas de sangre que marcaban los segundos, los minutos, las horas. Y gruñidos y maderas que se quebraban. O eran huesos que habían sido golpeado y quejidos tan sordos que no podía distinguirse si se trataba de hombres o mujeres quienes los proferían. No de los golpes de una pelea, era el sonido apagado de los mataderos.

En mi familia mi madre me había descripto, cuando yo ya era adolescente, su recuerdo de los tiempos de la guerra de independencia en Argelia, sobre ruidos parecidos que se podían escuchar, a pesar de no estar en la ciudad de Argel, sino en las afueras, casi en el campo, lejos de cualquier construcción que no fuera la de su casa.' Y continuó casi susurrando 'Solo las mujeres adultas podían escucharlos por la noche. Ni los hombres que no participaban de la revuelta ni los niños podían hacerlo. Solo ellas, encargadas de cuidar la casa mientras sus hombres, sus padres o sus hermanos combatían en las calles con los soldados coloniales. Según mi madre ese don de escuchar el sufrimiento a través de la distancia y el tiempo era transmitido entre los bereberes, de madre a hijas, desde tiempos inmemoriales, aquellos de las primeras batallas con los romanos, luego con los vándalos y los españoles y los portugueses y luego los franceses y las guerras civiles en que los hombres, los maridos y los hijos, casi niños, desaparecían, y a ellas, las mujeres, solo les quedaba oír los lamentos de los heridos y los llamados de sus muertos.'

Ya adulta y estudiante de física en Francia, contaba a sus compañeros sobre esas creencias de su

La batalla de Argel era para los estudiantes algo del
pasado remoto

gente y todos sonreían, orgullosos de conocer la velocidad del sonido hasta con dos decimales y la imposibilidad de oír aquellos que venían de pasados remotos, incluida la batalla de Argel, que había tenido lugar en la década de 1960. Esos estudiantes franceses no tenían idea de la batalla de Argelia.

'Yo en ese patio temblaba y además no podía decir palabra a pesar de que, al subir al auto en Berazategui, el técnico me aseguraba insistentemente que no había peligro alguno. Según él solo se trataba de una gente que quería hacerme algunas preguntas, y luego ellos me traerían de regreso a mi casa. Yo no le creí pero obedecí y quedé muda.' Se detuvo para tomar el vaso de agua que Alberto le ofreció y luego continuó:

'En el patio había varias escaleras, una de las cuales, la que tomamos, desembocaba frente a una oficina con pisos de madera gastada, techo altísimo y sillas de patas desvencijadas y tapizado rasgado. A la entrada había un escritorio gris con un vidrio cubierto de papeles por arriba y con fotos de jugadores de futbol y actrices de la televisión por debajo. Y detrás del escritorio, sentado, estaba un hombre flaco y ojeroso, de uniforme azul demasiado holgado para su talle. En una mesa más pequeña, a su lado, estaba sentada dando la espalda una mujer gorda frente a una computadora. No escribía ni leía en la computadora. Miraba inmóvil la pared. Fue la encargada de escribir lo que yo decía. O lo que ella entendía de lo que yo decía. Al contrario de lo que sucedía con el uniforme del hombre flaco, entre botón y botón de la casaca de la mujer se abrían ventanas hacia una playa de carnes flácidas solo contenidas por un enorme corpiño desteñido del que colgaban innumerables hilos desflecados.' Quizás se trataba de hilos de sudor que escapaban de los calurosos interiores por debajo del derrotado elástico del corpiño.

'El hombre de uniforme azul me hizo sentar con gran amabilidad frente a él, de manera que quedé prácticamente tapando la puerta de entrada. Ya los hombres gordos se habían ido. Me ofreció agua de una jarra de vidrio opaco lleno de manchas amarillas y marcas de dedos. No acepté.'

Fatiah, más tranquila, le describió el dialogo que mantuvo en esa oficina con el hombre flaco y ojeroso: ' "Bueno señorita Deaf, le haremos algunas preguntitas y enseguida podrá irse. Nombre y apellido completo es…"

Y repitió incorrectamente mi apellido, lo corregí, di mis nombres, edad, lugar de nacimiento, estudios, toda información que el hombre parecía tener pues a cada respuesta a sus preguntas tachaba línea tras línea en una hoja impresa con la que también se abanicaba. La mujer gorda escribía a grandes intervalos sin consultar un nombre, o una fecha, como si nada se le escapara. Solo tuve, a su pedido, que repetir tres veces el lugar de la "h" en mi primer nombre, pero creo que desistió frente a la dificultad que ese lugar inapropiado para una letra "h" en una palabra le planteaba, miró al de azul que le hizo un gesto con la mano para que dejara pasar ese detalle, encendió un cigarrillo con el que estaba terminando y siguió tecleando.

"¿Por qué vino a la Argentina señorita Deaf?", interrumpió casi brutalmente el hombre a la mujer gorda de azul, cuando ella insistía en que le repitiera el nombre de mi madre, sin aceptar que yo lo deletreara. La mujer suspiró aliviada dando hondas pitadas a su segundo cigarrillo para que el humo lograra llegar hasta lo más recóndito de lo que parecían ser, dada las dimensiones de la mujer, sus enormes pulmones.'

Fatiah comenzó entonces a hablarles de las dificultades para una mujer sola de conseguir trabajo como física en un país que se definía como de estricto credo musulmán. Al de uniforme azul sólo le interesó la palabra 'física' y le pidió aclaraciones.

Cuando se las dio, quiso saber si la palabra 'nuclear' que había mencionado implicaba bombas atómicas y bombas nucleares. Insistió en preguntar cuál era la diferencia entre ambas y pareció no creer que se trataba de la misma bomba.

'Señorita Deaf, yo sé muy bien que una cosa es el átomo que como escribió el griego Demócrito es la cosa más chiquita que existe, y otra el núcleo que todavía es más chiquito y está adentro del átomo, cosa que Demócrito no sabía y recién Einstein, que era semita como usted, lo descubrió. ¿Porque usted es semita, verdad? Los turcos y los judíos, que viven peleándose son la misma...' No terminó la frase en una inesperada muestra de inteligencia, o quizás de distracción. Se recuperó volviendo a las bombas, de las que tenía evidentemente muchos conocimientos puesto que explicó: 'Y la fórmula esa que permitió fabricar la primera bomba atómica que puso fin a la guerra entre el mundo occidental y el oriental, a Dios gracias fue el occidental el que se impuso esa vez. ¿Me repite la fórmula, por favor, que no la tengo en la memoria?'

'E igual a emecealcuadrado' respondió apurada Fatiah que, viendo que el hombre había olvidado la contradicción entre lo atómico y lo nuclear, prefirió distraerlo con la bendita ecuación que aparece en tantas remeras y en los pizarrones de los avisos televisivos de productos de alta tecnología, y cuyo lado derecho se suele pronunciar como si fuera una única palabra.

Descartadas las bombas, el hombre de azul pasó a los problemas de política internacional y terrorismo. Le preguntó si era religiosa y quiso saber el poder de los imanes en la política de Marruecos. Fatiah dejó pasar la confusión de países y le explicó que el gobierno nacionalista fue el que consiguió la independencia de Francia y que el actual presidente está en el poder desde hace más de 15 años. Hubo un momento de tensión y enojo de la secretaria gorda cuando el interrogador le pidió que diera el apellido del presidente. '¿Y qué quiere decir ese nombre? Yo sé que ustedes ponen nombres que quieren decir cosas y eso se lo enseñaron a los españoles donde un político ahora puede llamarse Zapatero, otro Cantero, etcétera. Por suerte los árabes se tuvieron que ir cuando vino la reina católica, la que le dio sus riquezas materiales para las tres carabelas y los nombre de su cuerpo a tantas islas del Caribe, lo segundo sin que su pobre marido Fernando, que era el rey pero gobernaba ella, según dicen algunos, bah, eso pasa siempre. Si no fuera porque era reina católica se podría decir que era una yegua, como pasa con las que se meten en la política.'

Ante la siguiente pregunta a Fatiah no le quedó más alternativa que explicarle que su nombre significa 'quien todo lo hace explotar'. El de uniforme gruñó con un sonido casi igual a los que había oído en el gran patio del edificio, sonido que llegaba del pasado, un gruñido como el de las bestias que podía significar en su limitado lenguaje 'son todos terroristas'. Sin embargo, el hombre flaco y ojeroso de uniforme azul, en un gesto hacia Fatiah por la que sentía evidentemente cierta simpatía, ordenó a la mujer que no copiara esa respuesta.

Como el policía insistía en detalles políticos, Fatiah se refirió brevemente a la guerra civil de la década de 1990 y cómo el islamismo extremista de algunos imanes había sido contenido por los militares aunque todavía quedaban grupos aliados con Al–Qaeda.

'Volvamos al asunto de los imanes que hay en su tierra' aprovechó el policía para hablar sobre imanes. 'El nombre, ¿tiene algo que ver con el magnetismo y con las fuerzas de los campos que nos circundan?' Sin entender del todo el sentido de la pregunta, Fatiah quedó pensativa.

El policía insistió como si sintiera que la mujer estuviera subestimando sus conocimientos y aclaró: 'Yo estudié en el Colegio Industrial de aquí de La Plata, señorita Deaf, me enseñaron matemática, inclusive logaritmos, aunque de esto último muy poco para mis ansias de saber. Y me enseñaron electricidad y magnetismo en las clases de electrónica, conocimientos que complementé con estudios propios sobre el mesmerismo, también conocido como magnetismo animal. Y yo desarrollé ideas propias sobre los semitas, particularmente los judíos. Se la resumo: los imanes se llaman imanes porque infiltraron a los otros pueblos y los magnetizan mentalmente. Pero a ellos los habían magnetizado otros semitas, los judíos. No entiendo por qué ahora se pelean tanto. Y nosotros no queremos peleas aquí en este bendito país, no queremos ser esclavos de los semitas. Así que la voy a dejar ir porque por ahora no tengo nada para detenerla. Pero cuídese señorita. Nada de cosas raras. Si fuera usted, yo me iría a Perú, a Bolivia, son países menos desarrollados que ni saben que estas cosas suceden. Y ya que está podría llevarse a unos cuantos de esos países que nos invaden bastante.'

El hombre de azul se paró, y, como si hubiera adivinado, Marlagonosi, que finalmente resultó estar sentado en un banco apoyado sobre la pared del corredor casi chocando con la silla de Fatiah, la tomó de un brazo y unos minutos después el automóvil volaba sobre la autopista con otro chofer, también gordo. Fatiah llegó agotada a su cuarto y por dos días solo bajó a almorzar por la insistencia de la tía Juana que no sabía si llamar a Alberto o si ocultar el estado en que se encontraba su amiga.

Cuando terminó su relato, Fatiah comenzó a llorar. La idea de seguir el consejo del policía e irse a Bolivia o Perú abandonando Berazategui, a Alberto y su proyecto del ascensor le producía, según dijo, una infinita tristeza.

Con una fineza de espíritu que no había mostrado antes, Alberto no hizo ningún comentario sobre toda la historia. Pero no dejó que el silencio cayera como en las noches de niebla berazateguenses. Y comenzó un largo monólogo apenas interrumpido por preguntas técnicas a Fatiah sobre las características de los diversos cables y nanotubos que su ascensor necesitaba.

CAPITULO 10

Tirando cuerdas y la pequeñez de lo muy pequeño

EL cable que colgaría del satélite a la Tierra y permitiría instalar un ascensor era uno de los elementos esenciales que obsesionaban a Alberto. Por eso fue el primer tema del que se le ocurrió hablar y así poner un poco de luz en el denso y oscuro relato de Fatiah sobre su viaje a la Secretaría de Seguridad donde sufrió un interrogatorio que no lograba comprender. Alberto llegó a pensar que toda la delirante historia de Fatiah nunca había tenido lugar.

Para distraerla, volvió a hablarle de su proyecto y comenzó por explicarle que el cable del ascensor tenía que resistir una enorme tensión y, a la par, su peso no debía ser excesivo. Alberto se explayó en innecesarios detalles sobre cómo medir la fuerza que resiste una cuerda. Logró una primera sonrisa de Fatiah al explicarle que la unidad que aparecía en muchos textos para describir la resistencia de una cuerda, el 'denier', había sido tomada de una moneda originalmente utilizada en el Imperio Romano y reintroducida en el año 755 por la tribu de los francos, durante el reinado de Pepino el Breve. Recién fue reemplazada como unidad monetaria cuando la Revolución francesa estableció el sistema métrico decimal, válido para todas las medidas salvo la del tiempo. Hasta entonces existía en Francia la libra que se dividía en 12 deniers. Pero el 17 frimario del año II, fecha del calendario republicano que corresponde al 7 diciembre de 1793, la Convención Nacional dividió la libra en décimos y céntimos y el 18 germinal del año III se cambió el nombre de libra por el de franco.

Fatiah le explicó que sonreía porque la moneda que se introdujo en su país para reemplazar al franco argelino de los tiempos de la colonización francesa tiene justamente como nombre, traducido al castellano, el de dinar argelino, y se sigue utilizando ahora cuando se necesitan 100 de esos dinares para comprar 20 pesos argentinos.

Para definir al denier en el caso de las cuerdas, Alberto comenzó por hablar de la seda: 'un denier,' le explicó 'es el peso, medido en gramos, de una hebra de seda de 9.000 metros de longitud. Y una hebra con una resistencia de 1 gramo por denier es suficientemente fuerte como para soportar su propio peso si su longitud no es mayor a 9.000 metros.'

¿Por qué la seda? se había preguntado Alberto al encontrarse con esta definición en un viejo libro de la biblioteca. La respuesta, como casi siempre, estaba en la *web*: la seda es una de las fibras naturales más fuertes, con un peso de entre 2,6 a 4,8 gramos por denier. Cuanto más grande es el número de deniers de una fibra, más larga puede ser su longitud sin que, colgada de un extremo, se rompa a causa de su propio peso. Por ejemplo, la fibra sintética de kevlar que usan los pescadores cuando saben que van a tener que enfrentar una resistencia muy grande de algún pez que no quiere ser pescado, es capaz de resistir 23 gramos por denier y por ello más de 200.000 metros de esa cuerda pueden colgar sin que su peso haga que se corte. Se trata de una fibra 5 veces más resistente que una de acero y fue sintetizada en la década de 1960 por una química de origen polaco, Stephanie Kwolek.

El kevlar se fabrica a nivel industrial pero hay fibras naturales casi tan fuertes como él. Por ejemplo, los hilos con que las arañas fabrican sus telas son casi tan resistentes como el kevlar pero todavía no se ha podido encontrar la manera de copiar el proceso de fabricación utilizado por ellas para sintetizarlas, y producirlas a partir de las sustancias que la componen.

El espesor de la cuerda no es algo determinante: puede que un cable muy grueso esté fabricado con un material que lo hace muy resistente, pero su grosor lo hace más pesado. Las fibras más fuertes que se han podido fabricar no son capaces de resistir su propio peso más allá de los 200 kilómetros de longitud, mientras que los cables de acero más fuertes no pueden alcanzar longitudes mayores a los 13 kilómetros sin que se quiebren.

Luego de tantos datos innecesarios Alberto pasó rápidamente a hablarle a Fatiah no de telas de araña o fibras sintéticas del siglo xx sino sobre los nanotubos de carbono que podrían fabricarse con los conocimientos y tecnología de la primera década del siglo xxi. Le explicó: 'esos nanotubos son delgadísimos, de ahí el prefijo "nano" que corresponde a la mil millonésima parte de cualquier unidad de medida. Por ejemplo 1 nanómetro corresponde a 0,000000001 metros, 1 nanogramo a 0,000000001 gramos, etcétera.' Y siguió:

'Los primeros en llevar a cabo una observación real de nanotubos fueron L. V. Radushkevich y V. M. Lukyanovich, que obtuvieron imágenes claras en el año 1952 que publicaron en un artículo escrito en ruso, en una revista científica de la por entonces Unión Soviética. Le siguieron muchos otros trabajos donde se mostraban nanotubos que llegaban a tener paredes del espesor de un átomo. Hoy se sabe que además de ser increíblemente delgados, los nanotubos son capaces de resistir pesos del orden de los cientos de millones de gramos por centímetro cuadrado de área. Y, como postre, ¡pueden llegar a ser muy baratos!' concluyó excitado.

Ese discurso al que Fatiah atendió a medias, pareció haberla hecho olvidar el interrogatorio al que había sido sometida. Pero sirvió para que comprendiera que Alberto no tenía en realidad una idea clara de por qué podía lograrse hacer cables delgadísimos y por qué eran a la par tan resistentes. Ella sí podía al menos intuir de donde venía el optimismo de la NASA, de cuyos informes había sacado Alberto los datos que dio en su explicación. En cursos aún elementales de la física de materia condensada durante sus estudios en Francia, y porque había leído publicaciones de divulgación sobre el tema para interesar a sus alumnos cuando enseñaba en el liceo francés de España, relacionó este asunto de las cuerdas y cables con el descubrimiento de las propiedades del grafeno, un material que había motivado la entrega de un premio Nobel a dos físicos rusos.

Con la claridad de siempre adivinó y respondió a todas las preguntas y dudas que se había planteado Alberto, aún las que ni siquiera él había formulado.

Comenzó por explicarle una analogía famosa ideada por el famoso Richard Feynman en su libro para estudiantes de Física. La idea de Feynman, de quien Alberto solo sabía que había ganado también un premio Nobel cuando él todavía no había nacido, apuntaba a hacer entender a los estudiantes la pequeñez de lo muy pequeño.

'Suponé que miramos,' inició su explicación Fatiah, 'una delgadísima astilla de grafito como alguna vez Feynman miró una gota de agua. Si uno pudiera agrandar la astilla mil millones de veces, se vería un paisaje rocoso, de un gris metálico, cuya extensión correspondería aproximadamente a la superficie de Francia, es decir aproximadamente 640.000 km², apenas más pequeña que la superficie del estado de Texas que usó Feynman en su explicación.

En ese enorme paisaje, sería fácil detectar, si la hubiera, una tubería para transportar gas o petróleo, extendiéndose de punta a punta del horizonte, que sería invisible a los ojos si no hubiéramos agrandado la imagen mil millones de veces.

En otra escala, eso es lo que pasa con los nanotubos formados a partir de átomos de carbono. Por ejemplo,' siguió Fatiah, 'si quisieras llegar hasta la Luna extendiendo un nanotubo desde la Tierra, deberías hacer que tuviera 384.400 kilómetros de largo. A pesar de esa enorme longitud, el tubo podría ser enrollado formando un ovillo de apenas 1 milímetro de diámetro, unas 3 veces más pequeño que una semilla de sésamo.'

A la pregunta de por qué a pesar de ser tan delgados los nanotubos son tan resistentes, Fatiah respondió algo que Alberto no estaba en condiciones de comprender completamente. Le explicó que 'la estructura que forman los átomos de carbono en las paredes del tubo es similar a la de los panales de abejas, hexagonal. En realidad los átomos de carbono pueden combinarse en hexágonos y pentágonos, formando uno de los poliedros que satisfacen un teorema famoso que describió el genial matemático Leonard Euler en una carta fechada en 1750, que envió a su amigo Christian Goldbach.

Euler lo demostró para un espacio de dimensiones arbitrarias. René Descartes, el de las coordenadas cartesianas,' aclaró Fatiah, 'había ya encontrado 100 años antes la fórmula de Euler para el caso particular de tres dimensiones espaciales, como las del espacio que percibimos, que quizás pudiera tener más dimensiones que no vemos,' aclaró Fatiah, y siguió 'como un equilibrista cuando camina sobre un largo cable entre dos edificios y sus pies solo detectan una dimensión espacial, la de la recta que dibuja el alambre. Y sin embargo quienes lo miran desde el suelo y ven también el cable, saben que él está usando las dos dimensiones de las suelas de sus zapatillas para no caer, porque el escenario en que se está desarrollando el espectáculo tiene una tercera dimensión, ligada a la vertical que va de las zapatillas del equilibrista al suelo, y que es la que vuelve peligroso el espectáculo.'

Después de esta explicación estilo divulgación televisiva, no le quedó a Fatiah otra opción que ir a los números.

'El teorema que demostró Euler relaciona el número de vértices de un poliedro, el objeto geométrico que como sabés está formado por caras que encierran un volumen finito, con el número de esas caras y con las aristas del poliedro, que son los lugares en los que se unen esas caras. Las caras no son otra cosa que los polígonos, esas figuras

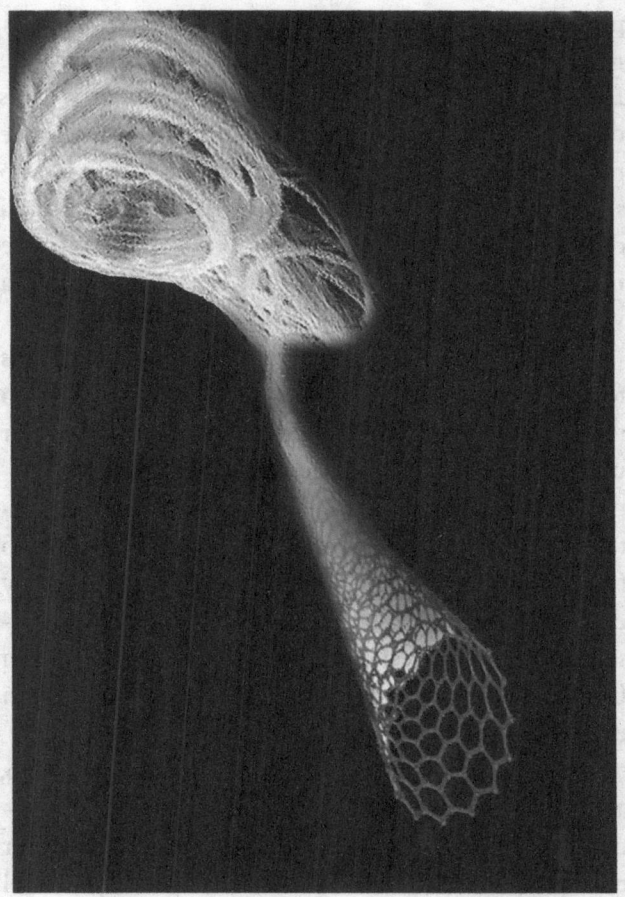

*Para llegar a la Luna el nanotubo debería tener
384.400 kilómetros de largo*

planas que nos enseñan en la escuela, triángulos, rectángulos, pentágonos, etcétera. La fórmula de Euler establece que si se suman los vértices y caras de los polígonos que forman al poliedro, y se le resta el número de aristas que tiene, el resultado siempre vale dos.' Viendo que Alberto se estaba desconectando de su explicación, Fatiah trató de interesarlo hablando del rol de los poliedros en la vida argentina.

'Las pelotas de fútbol profesional son poliedros formados por 12 pentágonos y 20 hexágonos. Pero también los átomos de carbono pueden formar una estructura a partir de hexágonos y pentágonos, el de algunas sustancias que fueron descubiertas a fines del siglo pasado y a las que se las llamó fullerenos. El nombre proviene de un arquitecto y diseñador futurista llamado Richard Fuller que diseñó el pabellón estadounidense en la Exposición Universal de 1967 en Canadá, en el que juega con esos polígonos.

Con esto se puede entender que el carbono, además de acomodarse en los vértices de la estructura del bien conocido grafito, que se usa por ejemplo en la blanda mina de los lápices 4B, o del diamante de tanta dureza que se utiliza para cortar delicadamente placas de vidrio, también puede

*El pabellón que construyó el arquitecto Fuller para la
Exposición Universal de 1967*

formar fullerenos, uno de los cuales está formado por 60 átomos de carbono dispuestos en una estructura hueca parecida a la de una pelota de futbol, y por eso hay quienes los llaman futbolenos. Fue recién en 2004 cuando los físicos rusos André Geim y Konstantin Novoselov pudieron aislar y separar uno de esos acomodamientos de átomos de carbono que se conoce como grafeno.'

Hizo un silencio esperando la previsible pregunta de Alberto, y cuando ésta fue hecha interrumpiendo con un '¿Y qué es el grafeno?' le respondió segura 'Si uno espía por dentro un material sólido, lo que en general ve es lo que se conoce como una red cristalina, que no es otra cosa que un número muy grande de átomos dispuestos en un estructura regular, como los nudos de una red de pesca, solo que en general se trata de tres dimensiones espaciales y no en dos como la que usan los pescadores.

Diamante y grafito forman redes completamente diferentes: en el diamante, los átomos de carbono están estrechamente unidos en tetraedros tridimensionales, mientras que en el grafeno, los átomos están unidos firmemente en capas bidimensionales, que se adhieren unas a otras por fuerzas relativamente débiles.

Entonces en el grafeno la estructura cristalina

es bidimensional, o sea que los átomos de carbono se acomodan en un plano, como los nudos de la red, pero formando hexágonos como en un panal de abeja y no cuadriláteros como en las de pesca.

En los vértices de los hexágonos se acomodan los átomos de carbono. Es decir que los átomos en el grafeno se presentan en una estructuran en la que hay una serie de capas, una encima de otra, y cada capa es una red hexagonal. ¡Se necesitarían 3 millones de capas para formar una lámina de 1 milímetro de espesor!

El grafito de un lápiz 4B forma una mina muy blanda porque las capas de carbono se van pelando muy fácilmente, deslizándose unas sobre otras cuando se escribe y esto sucede porque las fuerzas entre capa y capa son muy débiles.

Pero los átomos dentro de cada una de esas capas hexagonales están muy fuertemente conectados por lo que las capas que tengan el espesor de un único átomo serán súper resistentes. Como resultado, una lámina monoatómica de grafeno es unas 200 veces más fuerte que la que tendría una del mismo espesor pero de acero. A pesar de ello, cuando se trata de grafeno la lámina puede estirarse mucho, hasta un 20–25% de su longitud original, sin que se rompa. Esto se debe a que las superficies planas formadas por átomos de carbono en el grafeno pueden flexionar con relativa facilidad sin que los átomos se separen del todo unos de otros.'

'¿Pero por qué una capa monoatómica de carbono, cuando tiene la estructura del grafeno es tan resistente?' preguntó Alberto. La respuesta de Fatiah fue inmediata haciendo evidente que sabía mucho más sobre el tema que lo que había asegurado antes: 'Sucede que el átomo de carbono tiene seis electrones distribuidos en dos órbitas, dos en la interior y cuatro en la exterior. Cada uno de estos cuatro electrones del exterior está disponible para formar un enlace con otro átomo de carbono. Pero de esos cuatro para formar una red hexagonal plana solo intervienen tres, dejando al cuarto restante como el único que puede unirse a otra capa que esté encima o debajo de esa.' Fatiah dibujó entonces en una hoja de cuaderno la red formada en cada capa del grafeno, y Alberto pudo ver entonces que a cada vértice rojo que representaba a un átomo de carbono llegaban tres y solo tres líneas grises que representaban los enlaces entre electrones de distintos átomos.

'¿Y cómo se hace para fabricar estas capas monoatómicas de grafeno?' fue la siguiente de la catarata de preguntas de Alberto. Fatiah buscó la cinta adhesiva que siempre llevaba en su cartera y la pegó sobre la mina del mismo lápiz negro que había usado para representar los enlaces. Al despegarla, le mostró a Alberto que en la cinta había un trazo gris que no era otra cosa que parte del grafito de la mina que se había pegado a la cinta. Y le indicó: 'En la cinta hay un cierto número, grande, de capas monoatómicas débilmente unidas unas a otras. Pegando sobre la cinta otra cinta, al separarlas en la segunda habría un número menor de capas. Repitiendo este proceso que se conoce como exfoliación, se puede llegar a una única capa.'

Ante la incredulidad de Alberto, Fatiah le explicó que era de esta manera que se logró producir por primera vez una única capa, es decir, fabricar grafeno. 'Sir André Konstantin Geim y Sir Konstantin Sergeevich Novoselov,' continuó Fatiah exagerando la pronunciación de la palabra *Sir*, 'los físicos rusos que usando este método lograron producir grafeno en la Universidad de Manchester, recibieron por ello el premio Nobel de física en el año 2010 y el título de *Sir* en el año 2012. En el anuncio del premio Nobel que recibieron en 2010 Geim y Novoselov,' continuó Fatiah, 'se señala que si se construyera con una hoja de grafeno una hamaca de apenas un metro cuadrado de superficie y se la atara entre dos árboles sería capaz de soportar sin romperse a un gato de cuatro kilos de peso. ¡Lo notable es que el peso de la hamaca sería el mismo que el de uno de los pelos del bigote del gato, es decir, unos 0,77 miligramos!'

'Pero el método de la cinta adhesiva,' comentó irónicamente Fatiah, 'solo sirvió hasta hoy para ganar un premio Nobel y el título honorífico británico. No ha sido posible fabricarlo en escala industrial con esta técnica aunque haya hoy investigaciones de multinacionales muy importantes que, en secreto, tratan de desarrollar mecanismos para producirlo en gran escala.'

Con el tono de voz y el énfasis del actor que recita el discurso de *Caliban* en el acto III escena 2 de *La tempestad*, Alberto interrumpió la larga explicación de Fatiah diciendo 'Debemos encontrar al doctor Geoffroy, ¡seguro él sabrá cómo fabricar el cable!'

Sin aclararle por qué tenía tal seguridad de que el tal Geoffroy fuera a poder superar las dificultades que grandes compañías no podían todavía resolver, tomó a Fatiah fuertemente de la muñeca, salió del cuarto casi arrastrándola, salió de la casa, salió de la ciudad en un taxi que detuvo a riesgo de ser atropellado, y solo se calmó y le soltó la muñeca cuando llegaron a la estación Sourigues, que queda a unos 40 kilómetros de Berazategui.

A Geoffroy lo conocían todos los habitantes de la región. Era el 'sabio loco' necesario en todo poblado como el de Sourigues, que irremediablemente debía contar, entre sus diez mil habitantes, al menos a un 'loco del pueblo' ya que carecía del necesario 'idiota del pueblo' que había desaparecido hacía años cuando se volvió un escritor famoso. Como lo indicaba la doble 'f' de su apellido, sus antepasados eran franceses que pronunciaban el apellido 'Geofruá'. El primer Geoffroy que pisó Buenos Aires fue Etienne Geoffroy le Cadet, quien llegó al país en 1835, en el mismo barco que el agrimensor Charles Sourigues y como él, comenzó su vida en Buenos Aires enseñando francés y matemática en el Colegio Republicano Federal, donde entre otros hijos de familias poderosas en los tiempos de Rosas tuvieron como alumno a Lucio V. Mansilla.

Cuando el ferrocarril General Roca fue estatizado por el gobierno de Perón, a la estación Juan Días de Solís se la rebautizó con el nombre castellanizado de coronel Carlos Tomás Sourigues, que había muerto por un balazo en el corazón en una de las batallas de la revolución jordanista. El padre del doctor Geoffroy, que seguía vivo y que era farmacéutico, había decidido seguir los pasos del esposo de *Madame* Bovary y mudarse a un pueblo que creía se transformaría en gran ciudad gracias a la estación Sourigues.

En poco tiempo el farmacéutico se transformó en el más notable entre los notables del pueblo, ya que como Charles Bovary y Sourigues mismo se volvió un respetado habitante, cirujano famoso por haber inventado una operación que bautizó hemisectomía y que consistía en amputar ambas piernas y ambos brazos del paciente para evitar gangrenas casi tan terribles como los resultados de la mencionada operación.

Su hijo, Carlitos Geoffroy, quien nunca dejó de ser llamado así en su casa y en el pueblo, y en el mundo, estudió en la escuela Coronel Carlos T. Sourigues para luego mudarse a La Plata donde se inscribió en la Facultad de Química y Farmacia de la Universidad. Una vez obtenido el título de Licenciado en Bioquímica y Farmacia, volvió al pueblo al que, 30 años después, viajaron Alberto y Fatiah para que resolviera el problema de la fabricación del cable del ascensor que los llevaría más cerca de agujeros negros y demás secretos del Cosmos.

CAPITULO II

De la estación de Sourigues
a la estación de La Plata

No fue difícil encontrar al Licenciado Geoffroy ya que cuando enfrentaron el desvío
hacia Sourigues en el camino General Belgrano,
un cartel enorme con una flecha indicaba la primera salida hacia la izquierda y, casi ilegible, un
anuncio y una cruz de color verde, desprolijamente dibujada. El cartel podía referirse a una farmacia o alguna de las muchas iglesias que se estaban
reproduciendo como hongos en la zona, en una
especie de micosis evangelizadora. Recién cuando el taxi se detuvo y Alberto casi saltó del auto
a la ruta para poder leer la dirección escrita con
letras minúsculas, pudo confirmar que se trataba
de la 'farmacia Sourigues, abierta las 24 horas los
365 / 366 días según el año.'

Alberto se acercó a la ventanilla del conductor
y pagó el viaje. Dejó como propina el vuelto y
comenzó a dar largos y apurados pasos hasta llegar

frente a la puerta de la farmacia. Fatiah, casi corriendo, logró alcanzarlo unos segundos después. La puerta estaba cerrada con llave. Se volvió, miró casi desesperado a Fatiah y volvió a intentarlo. Alberto tenía la mirada clavada en el pasto que crecía entre baldosas rotas cuando ella levantó lentamente la mano izquierda y con su dedo índice le señaló un cartel que, por el color y la caligrafía errática, debía haber sido escrito por la misma mano que había anunciado con una flecha la entrada al pueblo. Un 'estoy en una urgencia vuelvo en seis' pudo finalmente descifrarse trabajosamente.

No fueron seis sino dieciséis los minutos que tuvieron que esperar, apoyados en una reja pintada de verde instalada sobre un muro de poca altura, también verde, a ambos lados de la verde puerta de entrada a la farmacia. De hecho todo lo que se podía ver en la vidriera de la farmacia era color verde claro, incluida la vidriera misma. En cuanto a las estanterías visibles desde donde estaban, se apilaban desordenadamente las cajas de remedios, que no solo eran verdes sino que, no por casualidad, en ellas predominaban distintos tonos verdes, a veces más oscuro en el caso de los productos del laboratorio Bayer, a veces más claros cuando se trataba de Roemmers. Ni Alberto ni Fatiah podían saber que la madre del farmacéutico lo había obligado a los 10 años a tomar clases de guitarra porque quería que su hijo, que era totalmente negado para la música, aprendiera la canción *Paisaje de Catamarca*, uno de cuyos versos habla de los 'mil distintos tonos de verde' de los paisajes de su ciudad natal. Recién a los 14 el pobre chico logró dejar de ir los sábados a su clase semanal sin haber logrado aprender ni a cantar la letra ni a ejecutar, en todas las acepciones de la palabra, la música en su guitarra.

Finalmente el ruido de una bicicleta verde movida a la vez por un pequeño motor y por el pedaleo de un hombre joven y gordo anunció la llegada del farmacéutico. La espera había concluido. A pesar de que la bicicleta ya no se movía, su motor parecía debatirse en sus últimos estertores, escupiendo un líquido verdoso por unas junturas mal selladas del pequeño motor, agregado de manera ingeniosa pero insegura a los engranajes que hacían mover la rueda trasera.

'Lo estoy mejorando' dijo el farmacéutico mirando el suelo, sin avergonzarse por el moribundo engendro mecánico adosado a los caños de la bicicleta. Recién cuando el motor puso fin a sus temblores Geoffroy pasó por encima de la bicicleta motorizada que quedó tirada cruzando la puerta como un gato en alguna de sus muertes, dando un pequeño salto sobre ella mientras sacaba un enorme manojo de llaves del bolsillo del delantal que de tan largo parecía una sotana. Excepcionalmente y quizás para confirmar la regla, el color del delantal no era verde sino lo que alguna vez, hacía muchos años, había sido blanco. El manojo tenía más de diez o quince llaves casi idénticas. Sin dudar, en el primer intento acertó la llave que abría primero la reja, y luego cuando llegó a la puerta de vidrio de la farmacia nuevamente la llave que escogió entre las muchas de su llavero abrió la puerta, haciendo sospechar que todas las llaves abrían todas las puertas. Caballerosamente, dejó que Fatiah lo precediera pero casi chocó con Alberto para lograr entrar en segundo lugar.

Ya dentro de la farmacia, corrió la corta distancia hasta el angosto mostrador que también estaba enrejado como si se tratara de una pulpería de principios del siglo pasado. También para pasar al lado interior del mostrador fue necesario abrir una angosta puerta enrejada, y también esta vez la tercera llave que escogió casi sin mirar abrió la puerta, que volvió a cerrar tras de sí. El matemático, ingeniero y físico Wigner Jenõ Pál, que ganó un premio Nobel por sus contribuciones a la física nuclear y la de partículas, escribió un famoso artículo no sobre esos temas sino sobre *La irrazonable efectividad de la matemática en las ciencias naturales.* Fatiah, que lo había leído, comenzó a sospechar que el ejemplo de Wigner, quien comparaba el abrir puertas con un manojo de demasiadas llaves con la búsqueda de entender a la Naturaleza, era correcto: 'cuando una descubre que cualquiera de las llaves abre cualquiera de las puertas, una se vuelve escéptica,' pensó, en relación a la unicidad de coordinación entre puertas y llaves, de la misma manera que lo que sucede con la matemática que es capaz de utilizar las mismas herramientas para obtener el cociente de la longitud de la circunferencia y su diámetro, o para calcular la población media de una ciudad al correr de los años o el resultado del apareamiento de los mosquitos en climas tropicales, todos hechos unidos por el rol que juega el número *pi*.

Recién cuando estuvo en el lado interior del mostrador Geoffroy asumió su rol de boticario, denominación que prefería que le dieran en lugar de la de farmacéutico. Ya desde allí preguntó qué los había llevado hasta Sourigues, 'lugar poco visitado por foráneos' aclaró. Fue la primera vez en su vida que Alberto escuchó en boca de una persona, es decir, en la vida real, esa palabra tantas veces leída en los textos escolares: foráneos. Por eso, desorientado, tardó en contestar.

Fatiah se distraía tratando de descubrir las pocas cajas de medicamentos que no tuvieran rastro alguno de verde, y extrañada de no encontrar las tan conocidas cajas amarillas de los antibióticos de otros laboratorios tampoco respondió.

El farmacéutico, sin impacientarse, pasó a preguntarles si lo que buscaban era 'vacunarse contra la malaria'. No esperó la respuesta y agregó: 'es una broma, la malaria en estos países es producida por los aumentos del precio de los medicamentos y contra eso no hay vacuna, no hay vacuna. Pero el cliente no lo entiende y nos echa la culpa.' Y rio en silencio sin que ni Alberto ni Fatiah pudieran reír con él, ya que no conocían el uso popular en tiempos lejanos de la palabra 'malaria' para referirse a un infortunio o miseria, por lo que apenas sonrieron por cortesía y sin comprender el juego de palabras.

Fatiah siguió distraída, mirando ahora los cuadros que cubrían desordenadamente las paredes de la farmacia, colgados a uno y otro lado del mostrador. Algunos enmarcaban fotos en blanco y negro de Sourigues, o de lo que seguramente había sido la familia Geoffroy cuando el farmacéutico no pasaba de los cuatro o cinco años. Enmarcada también había una vieja postal que mostraba la cercana plaza Belgrano. Otros cuadros mostraban copias de los números de patentes de las invenciones que el farmacéutico registraba en diversos países. Fatiah se detuvo frente a una escrita en alemán, idioma que ella no dominaba pero el *Deutsche Patentam* que encabezaba el papel no dejaba dudas de que se trataba de patentes otorgadas al 'ni dipl. Apoth C. Geoffroy'. Poco pudo entender del resto de la fotocopia como para enterarse de la posible utilidad de las invenciones registradas por el boticario.

'Esa es la patente de mi primera versión del motor de agua de mi bicicleta,' dijo Geoffroy quien controlaba a cada uno de sus dos clientes, con movimientos de su cabeza parecidos a los de las gallinas cuando se trata de encontrar granos perdidos en el suelo. 'Fui muy criticado por mínimos defectos de la versión original pero logré corregir todos los pequeños errores de diseño y estoy seguro que la nueva patente que solicité hace dos meses también será aprobada y esta vez mis ideas harán su camino. ¡Agua como combustible!'

Como el rostro de Alberto mostró interés, el

boticario siguió hablando de su invención sin descubrir la sonrisa irónica de Fatiah, que conocía bien los intentos de tantos inventores por burlar los insuperables principios de la termodinámica usando dispositivos a base de agua.

'En mi primera propuesta mejoré la vieja idea de separar el hidrógeno del agua para utilizar sus propiedades como combustible altamente energético. En lugar de utilizar la electrólisis que, como sabemos, requiere para separar al oxígeno del hidrógeno que se consuma al menos tanta electricidad como la que supuestamente se ahorraría con el hidrógeno, pergeñé un mecanismo al que en principio denominé hiperelectrólisis, que luego cambié por superelectrólisis sabiendo que el nuevo prefijo iba a entrar más fácilmente a un mercado como el norteamericano que ama tanto más el prefijo "súper" que la afrancesada palabra "híper", apenas utilizada por los franceses para promocionar su conocido hipermercado. Para abreviar, propuse el nombre SUEL, marca que también registré y que fue aprobada inmediatamente pues afortunadamente no existía en el mundo ningún producto con ese nombre. Mi método consiste en acelerar en sentidos opuestos, usando una ultra–microscópica hélice separadora los átomos de oxígeno y

los de hidrógeno de manera que al recombinarse
se produjera más energía que la consumida para
separarlos.'

Al ver el interés creciente de Alberto, que refle-
jaba su mirada, y para evitar que el farmacéutico
siguiera explicando su absurda patente, Fatiah lo
interrumpió para preguntarle cuánta era la energía
invertida para mover la cuchilla que, como la de
un procesador de verduras pero a escala atómica,
rompería las moléculas del agua. 'Justamente,' respondió Geoffroy con desconfianza pero sin dudar, 'el propio movimiento de los átomos del agua
producido por la electrólisis es el que activa la hélice construida con titanio.'

Fatiah lo volvió a interrumpir de manera ta-
jante y, dirigiéndose a Alberto, le explicó mientras
Geoffroy acomodaba cajas intentando no oír las
palabras de la chica que si tal fuera el caso, el in-
vento no sería otra cosa que el tan ansiado móvil
perpetuo, lo que indica que se estarían violando
leyes bien establecidas en varios de los inescapables
principios de la termodinámica. 'El primer principio no es otra cosa que el de la conservación de la
energía. El aparato de Geoffroy no lo obedece ya
que produciría más energía que la que consumiría
de su entorno. El segundo, que puede pensarse en

término del flujo de calor, que es una de las formas de energía, establece que el calor fluye espontáneamente del lugar a mayor al de menor temperatura, y no en sentido contrario. Por eso,' explicó condescendiente Fatiah, 'para sacar calor del congelador de una heladera de manera de enfriarlo es necesario enchufar la heladera con el consiguiente consumo de energía que uno termina pagando cuando llega la cuenta de electricidad. Entonces, en este caso...' Iba a continuar cuando Geoffroy protestó:

'Pero usted no está teniendo en cuenta señorita,' se defendió calmamente Geoffroy, 'que esos principios no son siempre válidos. Por ejemplo, ¡los planetas giran alrededor del Sol y lo vienen haciendo desde tiempos inmemoriales y lo seguirán haciendo hasta el final de los tiempos!'

A Fatiah le divirtió la manera en que Geoffroy pronunció el 'señorita' separando las sílabas con indudable ironía. Por eso, cuando a su vez interrumpió al farmacéutico e inventor de la ciudad de Sourigues comenzó con un calmado '¡No señor, el movimiento de los cuerpos celestes no es perpetuo! El viento solar, la resistencia al movimiento del medio interestelar, la radiación gravitatoria y la radiación térmica hacen que se disipe energía así que los planetas de nuestro sistema solar no seguirán moviéndose por siempre.'

'¿Y las máquinas que aprovechan las corrientes marinas, señorita, acaso no funcionarán perpetuamente?' replicó Geoffroy con un tono que indicaba que la señorita no aceptaba o no creía, para usar el término que rondaba en su cabeza, su gran descubrimiento. 'Por supuesto que no,' lo desahució Fatiah 'finalmente esas corrientes son producidas por la energía que nos llega del Sol y esa energía proviene de la combustión de la materia que forma al Sol. Cuando ya no haya más combustible, el Sol se apagará. Lleva quemándose unos 4.500 millones de años y le queda otro tanto antes de dejar de alumbrarnos... y ese será otro motivo para que nuestro sistema planetario termine extinguiéndose.'

Nervioso por noticias tan devastadoras Geoffroy interrumpió la charla y volvió a preguntar: '¿Pero ustedes a qué vinieron aquí?' Como cuando el profesor de Física le hacía una pregunta, Alberto se lanzó a una larga explicación con voz monótona y grave, como si estuviera leyendo una oración fúnebre. Terminó su explicación con un: 'yo tengo un proyecto para el que necesito muchísimos kilómetros de un cable muy largo y resistente y liviano. Y he sabido que usted es un experto en grafeno, que es el material que quiero usar.'

El farmacéutico no pareció asombrarse por la increíble longitud del cable que el chico pretendía seguramente que él fabricara, ni que lo considerara un 'experto en grafeno'. Apenas hizo un gesto de modestia con la mano, que se podía confundir con el de los pequeños gatos chinos que desde las vidrieras incitan a entrar al negocio a quienes pasan frente a ellas. Pero no quedó claro si el gesto tenía por objeto relativizar su calificación de experto, o lograr que Alberto continuara su explicación y fuera al grano, o sirviera para descartar cualquier posibilidad de lograrlo. Antes de que Alberto continuara, el gesto se transformó en un puñetazo sobre el mostrador para luego, casi gritando, decir '¡Otra vez ellos!' Alberto y Fatiah se volvieron hacia la vidriera y vieron un largo auto negro que Fatiah reconoció inmediatamente. Las puertas traseras se abrieron violenta y simultáneamente, y por ellas bajaron, dificultosamente, los dos hombres gordos.

'Salgan por atrás, ¡rápido!' ordenó Geoffroy, quien pareció reconocer a los dos hombres gordos. Les señalo una puerta vaivén que abrió pulsando un botón verde en el extremo del mostrador. La puerta comunicaba a la farmacia con una especie de taller o laboratorio, que a su vez daba a un patio que terminaba en una medianera de no más de un metro de altura. Del otro lado del muro comenzaba el jardín trasero de la casa vecina.

Luego de abrirles la puerta que daba a su patio, les pasó un pequeño papel muy arrugado y corrió hacia la entrada de la farmacia tratando de trabar la puerta. No llegó a tiempo y al empujarla desde el exterior los dos hombres gordos, que ya el lector habrá identificado como lo habían hecho Geoffroy y Fatiah cuando vieron estacionar el auto negro frente a la farmacia, derribaron a Geoffroy con el portazo haciéndolo caer al piso de linóleo verde. Mientras eso sucedía, Alberto y Fatiah saltaron al jardín de la casa vecina, y escucharon un corto grito del farmacéutico, quizás por la caída del boticario, quizás por lo que siguió a esa caída. Nunca lo supieron.

Sin que los habitantes de la casa vecina se enteraran, pasaron del jardín a una galería que hacía las veces de garaje, y de allí a la calle. En la esquina pudieron ver que el auto negro seguía estacionado frente a la farmacia por lo que corrieron en dirección contraria dibujando un zigzag por las desiertas calles del pueblo hasta llegar a la plaza Belgrano. Luego de atravesarla eligieron continuar la huida por una angosta diagonal, y al llegar a la primera esquina vieron un garaje con un cartel donde se leía 'Servicio de remises Juan Manule Fanjio'.

Desconfiado, el dueño y único chofer de la empresa 'Fanjio' exigió que Alberto pagara por adelantado el viaje hasta Berazategui. Mientras Fatiah le entregaba el dinero, le pidió que fuera lo más rápidamente posible por lo que, en parte por el estado del auto y en parte por el del camino General Belgrano, cuando llegaron a la casa de la tía de Alberto solamente el chofer parecía no estar por desmayarse. Se separaron sin que Alberto entrara a la casa de su tía, donde dejó a Fatiah que debía preparar su valija —sabía que su partida de Berazategui sería definitiva—. Corriendo, Alberto llegó a su casa en busca de dinero y un pequeño bolso en que puso lo necesario para estar algunos pocos días fuera. Volvieron a reunirse en la estación justo a tiempo de alcanzar el último tren del día que se detenía en Berazategui rumbo a La Plata, la ciudad que aparecía en la dirección del pequeño y arrugado papel que les había entregado Geoffroy antes de que escaparan. En el papel había un apellido seguramente inglés, Celoman, y dos números que seguramente correspondían a la dirección a la que debían dirigirse.

Lograron alcanzar el último tren del día con destino a la ciudad de La Plata

En La Plata verían cómo llegar primero a algún lugar seguro, un hotel, una pensión para dejar sus cosas a salvo de los hombres gordos que hasta ahora no les perdían pisada. Ya sentados en el tren, sin hablar, cada uno trataba de ordenar las imágenes de lo sucedido en Sourigues, de la huida, de los árboles y vacas que veían alejarse sentados en asientos que daban la espalda al destino del viaje.

Alberto había estado en La Plata una única vez. Se había alojado en el hotel Rodgar sin saber que en realidad funcionaba por horas y, para su asombro, mostraba un máximo de concurrencia en las mañanas. Lo había elegido por estar ubicado muy cerca del bosque de la ciudad y del Departamento de Física de la Universidad de La Plata, donde su abuelo había encontrado las revistas en que Einstein había publicado sus trabajos sobre la relatividad general.

Aquella vez había querido conocer el edificio, entrar a la biblioteca, tocar con sus manos el tomo que su abuelo había tenido entre las suyas. Lo había logrado gracias a uno de los físicos que encontró sentado en la sala de lectura. Era un hombre pequeño, de bigotitos y peinado a la gomina, que se presentó como el licenciado Heliazz, 'con doble zeta', aclaró orgulloso, profesor adjunto del Departamento de Física y titular de la Escuela Naval de Río Santiago, quien se hizo cargo de buscar el volumen de la revista con el artículo de Einstein sin necesidad de pasar por la bibliotecaria que apenas se asomó desde su oficina, por entonces ya vidriada.

Desde la estación de trenes de La Plata cami-

El Departamento de Física

naron diez cuadras para llegar a ese hotel Rodgar, cuya dirección Alberto recordaba vagamente. No había pasado tanto tiempo desde que había estado allí pero el hotel no era el mismo de su primera estadía. Ya no lo ocupaban de a ratos parejas clandestinas sino obreros especializados que regresaban de su trabajo en alguna refinería de la zona, en la que seguramente se ocupaban de resolver problemas de funcionamiento demasiado complicados para los técnicos locales.

La cama de la nueva habitación que les dieron era muy distinta a la de los desvencijados elásticos y sábanas remendadas de su anterior estadía. Lo único que no había cambiado era la pequeña y percudida bañadera, adornada por un azul y blanco delfín a cuerda de plástico que descansaba en el borde de la bañadera y que ya divertía a los huéspedes en los tiempos en que el Rodgar era todavía un hotel alojamiento. Alberto dejó su bolso en el piso de brillantes cerámicos símil mármol, se tiró sobre la cama y se durmió inmediatamente. Fatiah se sentó frente a un sofá y, dándole la espalda, se puso a escribir en un papel que nunca llegaría a enviar desde La Plata.

Alberto durmió casi una hora y le costó, al despertar, 'ubicarse en tiempo y espacio', término que desde que había escuchado pronunciar a la psicóloga del colegio le interesó por su carácter relativista. Desde entonces lo usaba cuando podía, lo que le mereció una felicitación a su novia del colegio secundario cuando presentó a la profesora de física de tercer año un trabajo que él había redactado. Se trataba de presentar un estudio sobre algún gran hallazgo, y ella había elegido a Newton y su manzana, que era su fruta preferida. Pero Alberto la convenció de cambiar de tema y redactó para ella un denso escrito sobre la teoría de la relatividad restringida de Einstein y la paradoja de los gemelos. Había comenzado dictándole una frase que le pareció sensacional: 'para describir fenómenos que tienen lugar a velocidades muy altas debemos hacerlo en tiempo y espacio.'

Lo que siguió a esta frase fue un larguísimo discurso que terminó con una posible explicación de la paradoja de los gemelos, uno de los tantos experimentos de mente con que jugaban los físicos de principios del siglo XX para poner a prueba a la relatividad restringida de Einstein. Al entregárselo, Alberto, que creía haber entendido el problema, afirmó orgulloso que 'en el artículo puse ideas propias.'

En realidad, la paradoja de los gemelos es un

asunto bien complicado. Para comenzar, el análisis debe tener en cuenta que la teoría de la relatividad restringida es una teoría válida bajo ciertas condiciones que deben cumplir los laboratorios en que se hacen los experimentos para corroborarla. Una vez cumplido esto, el siguiente punto a tener en cuenta es que la medida de los tiempos en un laboratorio que está en reposo y uno que se mueve con cierta velocidad constante respecto del otro son diferentes, y esa diferencia está regida por una fórmula llamada transformación de Lorentz, que se obtiene a partir de los postulados que estableció Einstein.

La paradoja se refiere a dos hermanos gemelos, cada uno en uno de esos dos laboratorios. El reloj de uno de los gemelos se mueve en un cohete en el que emprendió un largo viaje, respecto del otro que se quedó en su casa y que consideraremos como el laboratorio en reposo, y atrasa según la teoría de Einstein. Cuanto más grande es la velocidad del que está en movimiento respecto del que está quieto, más lento se hace el transcurrir del tiempo.

Supongamos que el cohete se mueve por el espacio a muy alta velocidad, digamos el 80% de la velocidad de la luz, recorriendo una distancia de cuatro años luz para luego regresar al laboratorio de su hermano, que quedó esperando en la Tierra. Si se calcula la edad del gemelo viajero usando las fórmulas de la teoría de la relatividad, resultará que ha envejecido los seis años que duró su viaje para él, mientras que su hermano, que no quitó su laboratorio en la Tierra, habrá envejecido diez años.

Por supuesto, en el cálculo anterior, se ha despreciado el hecho de que, para acelerar hasta llegar a la velocidad deseada para el cohete y al frenar cuando se invierte el sentido del viaje, volver a acelerar y nuevamente desacelerar para posar en Tierra, no se respeta la condición de que los dos sistemas se muevan a velocidad constante uno respecto del otro.

Por eso las fórmulas utilizadas en los cálculos descriptos más arriba no son completamente válidas salvo que esos cambios de velocidad hayan durado tiempos despreciables respecto de la duración total del viaje.

Ahora bien, si se acepta tal condición surge un nuevo problema. Si bien para el gemelo que quedó en el laboratorio es su hermano el que se ha movido partiendo desde la Tierra, primero alejándose en su cohete y luego acercándose durante el regreso, para el que está en el cohete eso ha sucedido a la inversa: al alejarse de la Tierra él ve a su hermano alejarse con su laboratorio terráqueo y luego acercarse hasta el reencuentro. O sea que, una vez ambos en el mismo lugar, cada gemelo vería al otro cuatro años más joven.

Pero esto en principio no es paradójico: no hay en realidad simetría en lo sucedido a los dos gemelos. La trayectoria del gemelo que viajó en el cohete requirió dos sistemas de medida, uno cuando el cohete se movía alejándose del laboratorio fijo y otro cuando lo hacía en sentido inverso al regresar. En cambio, uno solo fue el sistema de referencia del gemelo que quedó en la Tierra.

Einstein no veía la supuesta paradoja de los gemelos como algo problemático sino como una peculiaridad de la Naturaleza, como tantas otras que nuestra intuición tiende a rechazar.

Cuando terminó de repasar un poco lo que había preparado en el escrito que había dado a su novia de los tiempos del colegio, Alberto, sentado en la cama, vio a Fatiah dormida con la cabeza apoyada sobre el escritorio y, cerca de su bolso, caída en el piso, una hoja de papel cuadriculado doblada en cuatro.

CAPITULO 12
Una hoja de papel cuadriculado y la información

SILENCIOSAMENTE Alberto recogió el papel del suelo, doblado en cuatro, volvió a la cama en la que se sentó lentamente para no despertar a Fatiah, y lo abrió con cuidado, como si temiera rasgarlo. Se trataba de una hoja arrancada desprolijamente de uno de esos cuadernos con espiral, ya que pequeños trozos de papel colgaban en el lado izquierdo de la hoja. Sin saber por qué, antes de comenzar a leer el texto Alberto fue quitando cada uno de esos trozos, quizás porque en la escuela primaria había sido felicitado tantas veces por la prolijidad con la que presentaba sus trabajos...

En el margen de la hoja había orificios, como los que suelen tener los cuadernos destinados a encarpetar las hojas. Pero, a diferencia de los anotadores argentinos, que solo tienen dos o tres orificios según el tamaño de la hoja, en este caso eran cuatro, algo inesperado para él seguramente porque en la librería Tinta Líquida de Berazategui, donde compraba sus anotadores desde los tiempos de colegio, no era fácil encontrar los franceses.

La hoja estaba escrita con lápiz, desprolijamente, con demasiadas tachaduras y sin seguir los renglones, pero con una letra casi perfecta que no era la de Fatiah sino la de alguien a quien habían exigido ya en la escuela primaria la caligrafía exacta con que escriben los admiradores de René Descartes, con todas las letras minúsculas de exactamente el mismo tamaño y leve inclinación, y lo mismo para las mayúsculas, un milímetro más altas. A pesar de eso, resultaba casi imposible lograr comprender lo escrito dada la cantidad de flechas que se superponían en todos los sentidos y apuntaban en todas direcciones ligando palabras. A eso se sumaban garabatos, ovillos unos sobre otros, que tapaban a medias las palabras o las ocultaban totalmente, como sucede cuando alguien explica lo que está escrito y conecta con su lápiz, mientras lee, los conceptos centrales rodeando las palabras importantes con circunferencias que se vuelven espirales.

Arriba a la derecha, subrayados, casi escapando de la hoja, aparecían números que seguramente eran los de un teléfono móvil. Comenzaba con la característica de algún país, ya que los dos primeros no eran los de la Argentina. Consultando en su celular, Alberto comprobó que era el prefijo 33 de Francia, y los que seguían los del *Institut de Physique Nucléaire* en el que una estatua de Marie Curie recibe al visitante que llega hasta la parada del *métro* en la ciudad de Orsay, a unos 30 kilómetros de París. También en la parte superior de la hoja, pero en el centro, como si fuera un título, se leía '*a-Détails, [5]*'.

Más abajo comenzaba lo que parecía la primera sección de un escrito más largo. Se leía '*b-Radiation de Bekenstein-Hawking*'.

En el rincón inferior derecho, encuadrado por un pequeño rectángulo aunque formado por líneas en zigzag, se veía el esbozo de un aparato similar a un telar o a los reóstatos antiguos que se usaban para variar la resistencia y así cambiar de estación en las radios de la década de 1930. Pero en este caso, dado el tamaño y conexiones apenas dibujadas, recordaba el interior de los transmisores y receptores conocidos con el nombre de 'teletipos', que se usaron hasta la aparición de los aparatos de fax para enviar y recibir mensajes sin necesidad de que intervengan operadores como sucede con los telegramas, y que luego se volvieron obsoletos. En el dibujo, en lugar del rollo de papel en el que se imprimía el mensaje había un monitor y un teclado similar en su aspecto al de las computadoras, solo que en lugar de letras se veían números y símbolos matemáticos. El estilo del dibujante intentaba parecer al de Leonardo da Vinci en los cuadernos donde soñaba sus extraños aparatos, fuera para simplificar la cocción de un puchero de gallina usando un complicado sistemas de roldanas, o para volar gracias a hélices parecidas a las de un helicóptero.

Es cierto que la mayoría de esas invenciones de Leonardo solo existieron en la mente de Leonardo. En contraste, dado los detalles y códigos que era necesario saber descifrar para entender el asunto, era evidente que quien había escrito en esa hoja quería realmente construir el aparato dibujado en el pequeño rectángulo del que también salía una flecha de trazo grueso, justamente una flecha que señalaba tres palabras escritas en la parte superior de la hoja: '*Deus ex machina*'.

Fue lo único que logró entender Alberto, y no porque hubiera aprendido el latín sino por el descubrimiento del llamado 'bosón de Higgs', la partícula elemental gracias a la cual todas las otras las partículas elementales que forman la materia adquieren masa, y así nosotros que estamos formados por algunas de ellas podemos existir y estar aquí, escribiendo el autor o leyendo el lector de esta novela, en lugar de ser una especie de sopa ingrávida o pura radiación. Este rol único de la partícula de Higgs hizo que el editor de un libro que un físico escribió eligiera como título *The God Particle* lo cual como una peste se extendió por unas semanas a periodistas y comentadores de internet. Y justamente de allí surgió la conexión con la expresión latina '*Deus ex machina*' cuya traducción encontró Alberto en Wikipedia: 'Dios salido de la máquina'.

Detectada por el colisionador de partículas del laboratorio llamado CERN, esa partícula es entonces la que permite que exista la materia que nos forma. Alberto creía saberlo todo sobre este bosón de Higgs y sobre un malentendido ligado a lo de 'la partícula de Dios' entre un renombrado y popular filósofo y un físico no tan renombrado.

Coincidentemente uno novelaba y el otro pretendía hacerlo, de usted lector dependerá el calificativo en este último caso. La discusión entre ambos surgió a propósito de cómo designar al colisionador de partículas del laboratorio europeo donde se descubrió a la partícula llamada 'de Higgs' haciendo colisionar protones que se movían en sentido contrario con enorme energía. Según el filósofo, el colisionador era una 'máquina' y de allí conectaba con la expresión '*Deus ex machina*' y las veleidades de los físicos de considerarse casi dioses. El físico intentó corregirlo por dos motivos: el colisionador no es una máquina sino un 'aparato' como lo son un microscopio o un televisor, a los que jamás llamaríamos 'máquinas'. El colisionador que produce partículas de Higgs tampoco es una máquina como la que produce fideos o la máquina de escribir que produce textos escritos en una hoja.

El filósofo acusaba a los físicos de creerse dioses por el pretencioso título *The God Particle*, escrito por un premio Nobel de Física Leo Lederman que gracias a la sugerencia de su editor se volvió un *best–seller*. El filósofo ignoraba lo que la señora María Moliner explica claramente en su genial diccionario: una máquina de dioses es 'un elemento que aparece por sorpresa y resuelve un problema cuya solución estaba bloqueada hasta entonces.' La partícula de Higgs no 'apareció' en el mismo sentido en que América no fue 'descubierta'. Más importante, el filósofo y novelista confundía los escritos religiosos cuyos autores citan un único libro, generalmente escrito hace dos mil años o más, según de qué religión se trate, con los de los físicos

*A la partícula de Higgs se la detectó haciendo chocar
dos haces de protones*

cuyas referencias suelen ocupar varias hojas de publicaciones muy recientes, pues tradicionalmente se omiten aquellas que especifican trabajos fundamentales desde Newton hasta Einstein, Schrödinger o Heisenberg.

La partícula de Higgs existía desde que en la evolución del Universo aparecieron las partículas masivas, quarks y electrones que forman la materia ordinaria una vez producido el *Big Bang*, ya que las masas de quarks y electrones son el resultado, como había aprendido Alberto, de la existencia del bosón de Higgs y eso había sucedido hace más de 13.000 millones de años. O sea que es preferible evitar hablar de descubrimiento, palabra también utilizada para hablar de la llegada de los colonizadores a lo que en realidad creyeron era las Indias.

El segundo error del filósofo tiene que ver con la hipótesis de la existencia de un dios, que no es necesaria en la física ni ha sido utilizada desde los trabajos de Galileo hasta el día de hoy.

Lo que asombraba a Alberto era que a la partícula cuya existencia Peter Higgs propuso en 1964 se la buscó seriamente en la década de 1970 y sólo se la encontró en el año 2012, cuando se contó con un colisionador de partículas suficientemente potente como para hacer chocar dos haces de protones con una energía de 3,5 TeV por haz. Es interesante notar que 1 TeV equivale a 10.000.000.000 kilovoltios, que corresponde a la energía aproximada con la que vuela un mosquito.

Recién cuando la tecnología avanzó lo suficiente como para que algo como los protones, que tienen una masa muy pequeña, de $1,6726219 \times 10^{-27}$ kilogramos, adquiriera una velocidad suficiente como para llegar a tener una energía que en esas escalas más que microscópicas sea tan enorme, pudo lograrse que al chocar uno contra el otro se 'rompieran' de manera de inferir, del análisis de los fragmentos, la existencia del bosón de Higgs.

Después de leer y releer cada garabato Alberto tuvo apenas en claro que el asunto sobre el que trataba lo escrito no era el de la partícula de Higgs, sino que tenía que ver con la información, o más bien con la posible pérdida de información.

Del subtítulo referido a la radiación de Hawking–Bekenstein que aparecía en la hoja, lo poco que sabía Alberto tenía que ver con un artículo que había leído a medias sobre una famosa discusión que Steven Hawking supuestamente había tenido con el reciente premio Nobel Kip Thorne y otro físico no tan conocido como ellos, John Preskill.

El asunto al que Hawking se refería tenía que ver con la llamada radiación de Bekenstein–Hawking y sobre este asunto su ignorancia era enciclopédica: lo ignoraba todo.

Lo que había leído describía una apuesta de las muchas que publicitó Hawking, lo que le aseguraba mantenerse en la primera plana de los diarios, y que anunció en este caso con bombos y platillos en 1997 sin que los supuestos oponentes supieran de ella hasta que él mismo los invitó a una conferencia de prensa en que la hizo pública.

Para entender al menos superficialmente la discusión Alberto debería estar al tanto, para comenzar, de lo que es la radiación de Hawking–Bekenstein: una radiación de origen cuántico producida en el horizonte de los agujeros negros que son soluciones de las ecuaciones clásicas de la gravitación de Einstein. Se trata entonces de una combinación de conceptos cuánticos y clásicos, y eso siempre crea problemas difíciles de resolver cuando uno de los protagonistas es la gravitación.

Fueron los físicos rusos Yakov Zel'dovich y Alexei Starobinsky quienes le habían mostrado a Hawking, durante una visita que hizo a Moscú en 1973, que si uno abandonaba de alguna manera la física clásica y utilizaba el principio de incerteza de

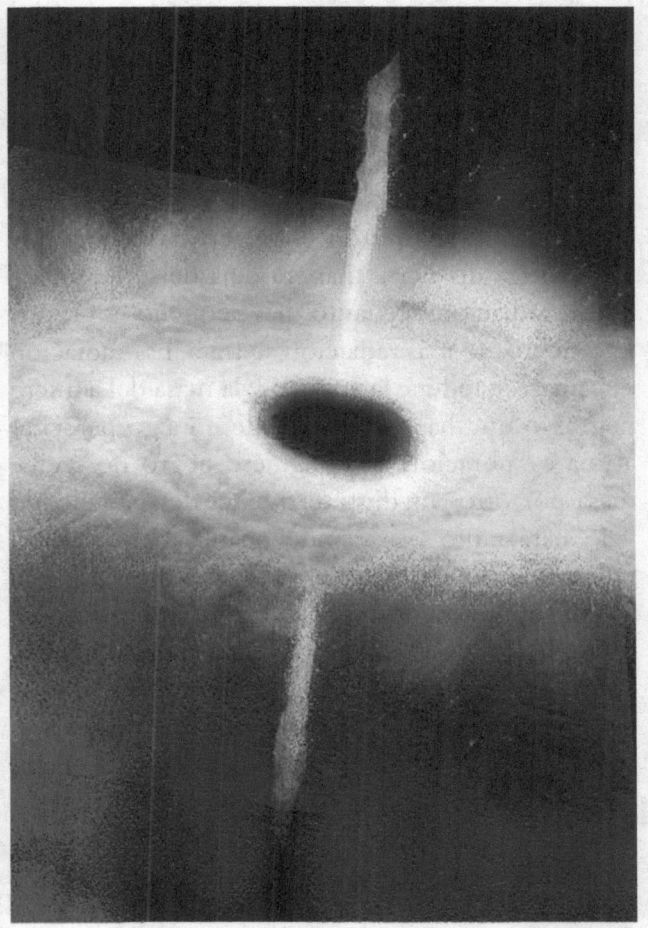

Los agujeros negros no son tan negros, emiten radiación

la mecánica cuántica, automáticamente surgía la posibilidad de que los agujeros negros en rotación pudieran crear y emitir energía bajo la forma de radiación.

De eso se trata cuando se habla de radiación de un agujero negro. Es negro a nivel clásico, pero cuando se lo analiza en el marco de la mecánica cuántica de cierta manera deja de serlo, puede emitir radiación. Y cuanto más pequeño es el agujero negro, de más radiación se trata. Esa radiación que aparece reduce la energía y la masa del agujero negro, lo que hace que termine en algo parecido a una evaporación. Si el agujero negro no recibe masa por otros medios, terminará desapareciendo y lo hará tanto más rápido cuanto mayor sea la radiación que emite.

Por supuesto, como Fatiah había explicado a Alberto, no existe al día de hoy una teoría cuántica consistente de la gravitación de Einstein, pero lejos del agujero negro los efectos gravitacionales son suficientemente débiles como para confiar en los cálculos basados en la teoría cuántica de campos y partículas en un espacio plano de tres dimensiones espaciales y una temporal que percibimos, y en la que sabemos tratar a los fenómenos cuánticos. Es por este resultado encontrado por Zel'dovich y

Starobinsky que la existencia de la radiación de Bekenstein–Hawking fue tomada en serio.

¿Pero había otro asunto ligado a lo anterior sobre el cual disentía Hawking con los supuestos apostadores? Como ya dijimos, nada de lo que esté dentro del llamado horizonte de eventos del agujero negro puede ser detectado de manera directa desde afuera a través de la radiación electromagnética. Pero ¿qué le sucede a la información contenida en algo que lo penetre? ¿Es destruida y perdida para siempre, ya que no puede recuperarse desde fuera del agujero negro, o puede ser en principio recobrada? Así es que surgió la llamada 'paradoja de la información' ligada a la existencia de los agujeros negros.

Alberto nunca había logrado entender qué tiene que ver la 'información' con los agujeros negros. Su problema era que no había podido aceptar que podamos llamar información a algo cuyo estado se conoce y que puede 'entrar' como un flujo a una cierta región del espacio, en este caso a un agujero negro. Si se acepta esta idea de 'información', lo que el agujero negro irradie no podría ser información. Había consultado a Fatiah quien le había explicado que 'tanto en la física clásica como en la cuántica hay un sentido muy preciso en que la información nunca se pierde en un sistema aislado del resto del Universo.' Al ver la mirada de sospecha de Alberto al escuchar esto, Fatiah insistió:

'En el caso clásico, el resultado se basa en un teorema que formuló el matemático Joseph Liouville y cuya demostración le llevó ocho años a partir de 1833, cuando la planteó como conjetura. El teorema de Liouville establece, en un contexto clásico, que si tenemos un conocimiento, que puede ser limitado o completo, del estado de un sistema aislado y le asignamos a ese conocimiento un dado valor en un dado instante inicial, entonces al evolucionar el sistema el contenido de ese conocimiento será el mismo durante todo el tiempo a partir de ese instante inicial. Es en este sentido en el que afirmamos que "la información es conservada": no cambia con el paso del tiempo. Desde un punto de vista práctico puede ser más y más difícil recuperar esa información al pasar el tiempo, pero lo que es seguro es que no se pierde.'

Siguió entonces, demostrando que conocía el asunto mucho más de lo que Alberto pensaba. 'En el caso de la física cuántica también puede probarse, ligando el concepto de la información al de la entropía, que para un sistema cerrado y aislado la información contenida en un estado de un sistema cuántico se conserva. Con esto en su mente Hawking se había preguntado si en el proceso de formación o evaporación de un agujero negro se perdía la información que en él estaba. Su argumento era simple y persuasivo, y utilizaba la teoría cuántica de campos que era la única teoría cuántica suficientemente completa disponible en esos tiempos: el estudio de campos cuánticos, como el campo electromagnético y otros, descriptos en un marco cuántico. Y la pregunta era, concretamente, cómo describir lo que sucedería con la información que había entrado al agujero negro. Su conclusión, errada, fue que en tal caso se producía pérdida de la información para el observador que estaba ubicado fuera del agujero.'

Según la física cuántica, aunque en un dado proceso la información codificada por un sistema resulte en la práctica inaccesible, esa información, en principio, puede ser recuperada. Por ejemplo, si se quema un dado volumen de una enciclopedia A y otro volumen de la enciclopedia B, aunque las llamas y las cenizas parezcan ser idénticas en los dos casos, tiene que haber diferencias sutiles que, utilizando una tecnología suficientemente avanzada, permitan descifrar el contenido de cada volumen a partir de las llamas y las cenizas. Esto indicaría que en la Naturaleza el principio de conservación de la información sería válido.

'Supongamos que los agujeros negros respetaran las reglas usuales de la mecánica cuántica y que, a la par, valiera el principio de conservación de la información. Entonces,' retomó Fatiah, 'si arrojamos dentro de un agujero negro el volumen A deberíamos ser capaces, en principio, de leer su texto a partir del análisis cuidadoso de la radiación emitida cuando el agujero negro se evapora.

Pero Hawking argüía que la radiación del agujero negro nada tenía que ver con los procesos físicos que trataba la física cuántica: la información que caía en el horizonte de un agujero negro se perdería para siempre, inclusive cuando la radiación hiciera desaparecer el agujero negro, evaporándose. Por lo anterior, según Hawking, la teoría cuántica debía ser revisada y acomodarse para que no hubiera contradicción. Según Hawking, era la mecánica cuántica la que debía ser revisada.'

Por cierto, en la teoría cuántica utilizada en el cálculo de la radiación los protagonistas de los fenómenos que tenían lugar son campos cuánticos, como el campo eléctrico o el magnético u otros de los que Alberto había escuchado hablar, pero no como los trataba Maxwell en su teoría clásica del electromagnetismo sino a nivel cuántico. Pero esa teoría cuántica tiene serios defectos cuando se pretende describir lo que sucede muy cerca del horizonte de un agujero negro. La clave de esto es que la teoría cuántica de partículas supone que cualquier objeto solo es directamente influido por su más cercano alrededor. A esta idea se la conoce como 'principio localidad'. Y lleva al error de que, si esto valiera para los agujeros negros, en lugar del valor correcto del que hablamos antes los cálculos indicarían que la densidad de entropía ¡resultaría ser infinita!

Físicos como Thorne y Preskill, supuestos apostadores contra la idea de Hawking, pensaban que la información podría realmente escapar del agujero y ser recuperada, y era la suposición de localidad asumida por la teoría cuántica de campos que tenía que ser radicalmente alterada, por lo que se necesitaría otro tipo de teoría, no una en la que las partículas eran representadas por campos. Una en que la influencia sobre un sistema de los objetos que lo rodean no solo proviene de los que están muy cerca de él.

Hawking invitó a Thorne y Preskill a asistir a una conferencia de prensa durante un congreso en Irlanda, y allí planteó una apuesta que se transformó en artículos de tapa de diario como todo lo que involucraba a Hawking mientras estuvo con vida, y aún después.

Aunque Fatiah no había cursado materia alguna basada en la teoría de cuerdas, había aprendido de manera algo superficial las ideas básicas de modelos en los que en lugar de partículas puntuales representadas por lo que llamamos campos, proponían identificar a las partículas como los electrones, fotones, etcétera, con las diferentes vibraciones de pequeñísimas cuerdas. Y le explicó a Alberto que 'Fue justamente esa teoría de cuerdas la que resolvió el problema, porque en esa teoría, en contraste con la de partículas, no es necesario pedir que el estado de una cuerda esté solo influido por su entorno muy cercano, y fue por eso que Hawking perdió su apuesta y, al reconocerlo, entregó en medio de otra conferencia de prensa, como manera de cumplir la apuesta, la enciclopedia de béisbol de 2.688 páginas titulada *Total Baseball: the Ultimate Baseball Encyclopedia* solicitada por Preskill. Thorne por su lado, no reclamó ninguna enciclopedia u otro objeto…

Fueron Leonard Susskind, Juan Maldacena, Andy Strominger y muchos otros quienes contribuyeron a resolver de manera completa este asunto que se conocía como 'la paradoja de la información' utilizando la teoría de cuerdas, que justamente describe a las partículas, tal como te expliqué, no como objetos muy pequeños, casi como puntos, sino como microscópicas cuerdas que vibran. Y cuando se trata de representar a las partículas en términos no de objetos puntuales sino de cuerdas que vibran, la localidad no es violada.'

Otra cosa ligada a esto que preocupaba a Alberto era lo que había leído en los diarios y en la *web*: se afirmaba que, de ser correcta la teoría de cuerdas, durante experimentos del Gran Colisionador de Hadrones del CERN, el aparato con el que se detectó la partícula de Higgs, podrían haberse creado agujeros negros muy pequeños, micro agujeros negros, y luego observarse su evaporación.

Otra posibilidad de observar la evaporación había llegado a ser testeada en 2007 por la NASA, que lanzó ese año un observatorio espacial para tratar de detectar la evaporación de agujeros negros 'primordiales' formados en los primeros tiempos del Universo, el llamado 'Universo primitivo'. A partir de esas medidas se esperaba poder comprender mejor lo que sucedía en el proceso de evaporación.

Ninguno de los dos casos arriba mencionados

confirmó al día de hoy el fenómeno de evaporación, si bien es cierto que en el año 2010 un grupo de físicos italianos anunció la posible detección de pulsos de luz, pero tal afirmación está todavía hoy en debate.

'Finalmente,' concluyó su larga explicación Fatiah, 'los agujeros negros no son completamente negros. Emiten radiación cerca del horizonte por efectos cuánticos. Inclusive existen agujeros inversos a los negros. Se trataría de regiones del espacio–tiempo a las que no se puede entrar desde el exterior, pero de ellos la luz y la materia pueden escapar o mejor, son expulsadas. Se los conoce como "agujeros blancos". Su existencia no puede ser totalmente descartada porque es predicha como parte de las soluciones de las ecuaciones de Einstein de la relatividad general.'

Veremos que también los agujeros blancos juegan un papel central en el desenlace de la historia de Alberto y Fatiah huyendo de los gordos. Huir es una posible traducción del verbo francés *fuir*, palabra que justamente aparecía en el rincón izquierdo superior de la hoja cuadriculada, pero en la que Alberto no había reparado cuando comenzó a tratar de descifrar el escrito. Apenas agregaremos aquí que los agujeros blancos pueden tener el tamaño

Y también podrían aprovechar posibles agujeros blancos

de una bacteria pero la masa de un continente, y si bien podrían existir en el contexto de la teoría de la gravitación no está confirmado que puedan producirse de manera natural en nuestro Universo.

En contraste, nadie duda hoy de la existencia de agujeros negros y de la radiación de Bekenstein–Hawking. De hecho, es esa radiación la que hace que los agujeros negros tengan temperatura y por ello se pueda hablar de su entropía, que crece como el cuadrado de su masa en contraste con las sustancias conocidas, que en general lo hacen proporcionalmente a la masa.

CAPITULO 13

Los franceses

AL despertar Fatiah encontró a Alberto sentado frente a ella, leyendo una de las hojas de su anotador. Al ver su mirada y la hoja de papel que él tenía en su mano, sin poder evitar el temblor, no fue necesaria pregunta alguna. Después de lavarse lentamente la cara, se sentó frente a Alberto y comenzó a explicar lo que estaba escrito en esa ajada hoja. El texto, dijo en un tono demasiado calmo y despreocupado, era la respuesta de sus amigos del Instituto de Orsay a su pedido de ayuda para intentar escapar de quienes los perseguían.

Habían sido sus amigos del laboratorio donde había hecho su trabajo para obtener el Diploma de estudios profundizados en temas de física cuántica quienes le habían insistido en contactar a un tal Celoman, el mismo sugerido por el farmacéutico de Sourigues, y en el papel había instrucciones escritas por Hubert Kourtine en Francia y que habían llegado al hospital de Berazategui sin que quedara claro cómo, ya que no se trataba de una copia escaneada sino del original del mensaje. Y lo que para Alberto eran apenas garabatos y frases cortas e indescifrables eran las instrucciones para que los futuros mensajes, con las siguientes instrucciones, pudieran llegar electrónicamente sin ser descifradas.

No pudo continuar la explicación porque por primera vez Alberto la interrumpió casi bruscamente. No le preguntó quién y cómo alguien había recibido el mensaje desde Francia para entregárselo en Berazategui. Preguntó en cambio por el número de teléfono que aparecía en el papel. La respuesta de Fatiah fue vaga: 'se trata de físicos de la Universidad de París – Sud II', quienes la ayudaban desde que ella sintió que estaba en peligro. El número telefónico era el de la casa de quien había dirigido su tesis, Hubert Kourtine, un físico que ahora trabajaba en temas ligados a la teleportación junto a su alumno de doctorado Jean – Marie de las Casas. Alberto se hubiera conformado con la respuesta si no hubiera sido por la mirada asustada de Fatiah, como si temiera no ser creída. Decidió no insistir con más detalles y dejar que Fatiah continuara con su explicación.

'Para nuestras conversaciones,' explicó Fatiah, 'nos enviábamos mensajes por WhatsApp o hablábamos vía Skype y yo utilizaba mi celular para poder hacerlo desde un bar en el que había mucha gente, aprovechando la conexión de *wi–fi* del lugar. Las llamadas que yo hacía resultaban muy caras desde un teléfono y ellos preferían recibir llamadas vía la red de internet del laboratorio. Así, podríamos combinar cómo mandarnos mensajes escritos usando un código que en principio fuera muy difícil de descifrar. De esa manera podrían indicarme los pasos a seguir para llegar al lugar detectado por Celoman para escapar, con menos chances de que pudiéramos ser interferidos.'

Hizo un corto silencio para buscar una pastilla del ahora habitual antidepresivo que se había vuelto diario, de ahí el aumento de peso que había notado Alberto a pesar del trajín de los últimos días. Luego continuó con los franceses.

'Para enviar el mensaje utilizamos el sistema de encriptación que está desarrollando Kourtine en el Instituto,' que a pesar de estar en estado de prueba esperaban que no pudiera ser descifrado salvo por unos pocos expertos en el mundo que estarían en condiciones de intentarlo. 'Está basado en la llamada *"téléportation quantique"*, según los términos que usaron desde allá cuando lo sugirieron.'

El modelo que desarrollaban Kourtine y de las Casas partía de una idea publicada hacía unos veinticinco años, en un notable trabajo en el que sus autores usaron por primera vez la palabra '*teleporting*' en el título, y que tomaron de una historia publicada a fines de la década de 1870 para referirse al transporte de materia y energía, para luego extenderse al transporte de un estado cuántico de la persona que lo transmitía a quien lo recibía.

Siguiendo la costumbre anglosajona, los franceses usaban nombres cuyas iniciales eran las dos primeras letras del alfabeto, y que Kourtine, que hablaba el castellano de la Argentina sin dificultad, había bautizado: Alicia y Boris. De hecho Kourtine había sido quien aconsejó a Fatiah viajar a la Argentina, país donde todavía tenía contactos que, aunque databan de más de 40 años, seguramente la ayudarían si fuera necesario. Uno de ellos era Sidney Celoman.

Alberto seguía sin interrumpir esta digresión de Fatiah que parecía querer alejar su relato del asunto central. Estaba seguro de que, al contrario de lo esperado por ella, seguiría acumulando la información que Fatiah no lograría, dada la tensión del momento, evitar que se filtrara.

Fatiah le explicó que 'Kourtine había aceptado viajar a la Argentina porque uno de sus hermanos, Alain, lo había enviado en una misión secreta en el año 1976, al comienzo de la última dictadura argentina. Alain era uno de los fundadores de la Unión Trotskista Revolucionaria, y le encomendó organizar la partida de Mario Roberto Santucho a Cuba con el apoyo de la filial madre francesa, cuando la guerrilla que combatía en la Argentina bajo el nombre de Ejército Revolucionario del Pueblo ya estaba diezmada y era urgente que quien la comandaba pudiera ponerse a salvo para iniciar la reorganización, e inclusive la unión con la guerrilla autodefinida peronista, llamada Montoneros.'

A Alberto le llamó la atención el conocimiento que Fatiah tenía de nombres y hechos de una época de la Argentina que a él le había parecido siempre tan remota que apenas conocía superficialmente algunos nombres. Fatiah siguió relatando los detalles de aquel viaje de Kourtine.

'Sin haber podido convencer a Robi Santucho, quien comandaba el ERP, que apurara la partida a La Habana, Kourtine recibió la orden de abandonar la Argentina lo antes posible porque había indicios de una traición, cosa que hizo apenas dos

días antes de la muerte de Santucho y otros jefes en el departamento de Villa Martelli en que se
ocultaban, donde de hecho Kourtine se había instalado los días que pasó en la Argentina. Al contrario de lo sucedido cuando en una operación similar logró convencer a los jefes del Frente Polisario,
la guerrilla sahariana, primero a firmar un tratado
con el gobierno de Mauritania y más de diez años
después a negociar con el gobierno de Marruecos, los guerrilleros trotskistas argentinos actuaban
más como samuráis que como militares que saben, como supo el general francés Charles Bourbaki, retirarse del combate cruzando la frontera de
Francia con Suiza y así salvar a lo que quedaba
de su ejército durante la guerra franco–alemana
de 1870. O como hizo un grupo de matemáticos
franceses en la década de 1930 cuando se retiraron
de la ruta normal de la matemática francesa dejando de firmar individualmente sus trabajos y de
enviarlos a las revistas habituales que solían recha-
zarlos, y solo los publicaban en gruesos tomos bajo
la sola firma de Nicolas Bourbaki.'

Fatiah descubrió en la mirada de Alberto el
enojo por todos estos detalles que eran para él totalmente irrelevantes ya que nada tenían que ver
con lo que estaba sucediendo en Berazategui, en

La Plata, en cada lugar en el que trataran de ocultarse. Volvió al tema central de su explicación:

'Una de las condiciones fundamentales de la física cuántica para la transmisión segura de información es que cualquier intento de detectar un mensaje enviado a través de estados cuánticos implica la necesidad de una medida que, a diferencia de lo que sucede en el caso de la física clásica, altera de manera incontrolable el estado sobre el que se ha hecho la medida. Esta es una de las piedras basales de la física cuántica que aparece con la formulación de Werner Heisenberg. Y esta es una propiedad ventajosa ya que permite detectar y conocer la cantidad de información que pudiera haber sido interceptada por un tercero.

Distintos estados cuánticos de un sistema,' intentó aclarar Fatiah, 'pueden ser combinados de manera que terminen descriptos por un único estado, no de manera separada. Y esto es lo que produce un entrelazamiento cuántico: una vez que dos sistemas en cierto estado están entrelazados, al hacer una medida sobre el estado de uno de ellos, el otro se ve afectado y cambia.

A esto Einstein lo planteó en sus vanos intentos por derrumbar a la mecánica cuántica que él mismo había ayudado a construir, publicando en la década de 1930 un trabajo en colaboración con los físicos Boris Podolsky y Nathan Rosen titulado *¿Puede la descripción de la mecánica cuántica ser considerada ser completa?* En él se plantea uno de los experimento del pensamiento de los que era afecto Einstein, hoy conocido como el de la paradoja EPR, por las iniciales de los apellidos de los tres autores.'

'¿A qué llamás un sistema?' Interrumpió Alberto, a quien le escapaba el sentido de esa palabra que tanto utilizaba Fatiah. A desgano Fatiah respondió brevemente esa pregunta y luego continuó con la idea de entrelazamiento: 'Es una parte del universo físico que se está investigando, separando el resto de este último al que se designa como entorno ambiental. Un sistema puede estar constituido por solo dos partículas cuánticas, como por ejemplo dos electrones que están entrelazados y uno tiene una propiedad que llamamos "+" y el otro la propiedad "-". Te doy el ejemplo de los electrones. Al hacer una medida sobre uno de ellos, si el resultado que se obtiene corresponde a la propiedad "+", sin necesidad de tener que hacer su medida sabremos instantáneamente que el otro debe tener la propiedad "-". Pero si el experimento respeta la relatividad restringida esto es imposible porque la transmisión instantánea de la información de que el estado medido es el "+", de manera que el otro deba necesariamente encontrarse en el estado "−", contradice el principio de que la velocidad máxima posible de cualquier interacción en la Naturaleza es la velocidad de la luz. Eso lo haría imposible.'

'¿Cómo puede la segunda partícula entonces enterarse del resultado de la medida?' interrumpió Alberto por primera vez a Fatiah con una pregunta.

'Según Einstein, Podolsky y Rosen,' le respondió Fatiah, 'sería posible si cada partícula estuviera en un estado definido desde el principio hasta el final. Pero esto no es lo que la mecánica cuántica acepta ya que, según sus postulados, los estados de cada partícula no están definidos antes de que se hagan las medidas. Hay apenas una probabilidad de que estén en uno u otro.' Alberto no pareció estar de acuerdo pero la dejó seguir. 'Entonces, volviendo a nuestro asunto, si el conocimiento de un sistema entrelazado como el de esos dos electrones es compartido por dos personas, digamos Alicia y Boris, el que alguien logre interceptar el mensaje, llamémosla Eva, revelará a Boris que la información que le mandó Alicia fue interceptada, porque Eva al hacer una medida sobre uno de los estados individuales alteró el otro.

En los trabajos sobre este asunto suele ser Alicia quien envía el mensaje y Boris quien lo recibe. Pero no te confundas,' siguió Fatiah con tono de voz que la mostraba más tranquila, 'no se trata de transportar materia o energía. Se trata de una serie de etapas a cumplir para transmitir una información, lo que esta gente llama un protocolo de comunicación, que permita transferir un estado cuántico de un sistema a otro que está separado espacialmente, aprovechando el entrelazamiento cuántico. Se habla de teleportación porque el sistema que transmite queda, después de hacerlo, en un estado distinto de aquel en que se encontraba anteriormente, es como si algo hubiera sido transportado.

Para que entiendas, supongamos que alguien, llamémoslo Carlos, quiere que sus amigos Alicia y Boris puedan enviarse, uno al otro, un mensaje seguro que nadie más que ellos pueda descifrar. La manera "clásica" de hacerlo es simple: basta usar lo que en la computación se conoce como bit. Es decir, algo que puede tomar solo dos valores: 0 ó 1.

Carlos solo tiene dos bits para armar el mensaje, llamémoslos A y B. Y esos bits son o bien ambos 0 (A = 0 y B = 0) o bien ambos 1 (A = 1 y B = 1). Para

Los bits solo pueden ser 0 ó 1

Fidel A. Schaposnik

generar esos bits Carlos usó una máquina aleatoria, es decir, una que funciona de manera tal que no es posible predecir qué resultado genera en razón de la intervención del azar, de manera que la probabilidad de que $A = B = 0$ es igual a $0,5$ y la de que $A = B = 1$ es también $0,5$.

Carlos le da A a Alicia y B a Boris, quienes se separan a una distancia suficientemente grande como para que no puedan verse ni escucharse.

Alicia tiene otro bit que llamamos T y que es el que quiere enviar a Boris sin que nadie pueda descubrir el valor de T. Alicia mira los dos bits que tiene (el A y el T) y si son iguales le manda un mensaje, por ejemplo utilizando un teléfono con el que le transmite la palabra "iguales". Si son diferentes el mensaje que envía es "distintos".

Cuando Boris recibe el mensaje mide su bit B, y sabiendo que T es igual o distinto, podrá conocer la información T que le envió Alicia sin que en principio quien logre interceptar el mensaje de Alicia pueda saber quién es T. ¿Se entiende?' preguntó Fatiah. Y sin esperar la respuesta siguió:

'Te das cuenta que si Eva logró interceptar y copiar el mensaje de Alicia, que fue transmitido por teléfono, ¿qué pasa a saber sobre T? Nada, pues ella no tiene los bits que Carlos les dio a Alicia y a

Boris. O sea que pareciera que el "protocolo" de envío del mensaje es seguro.

Pero en realidad no es absolutamente seguro. Podría ser que Carlos recuerde los valores que envió a Alicia y Boris. Y en ese caso Eva podría lograr analizar el cerebro de Carlos utilizando aparatos sofisticados, o simplemente apresar a Carlos y torturarlo para descubrir lo que Carlos les había dado a cada uno. Otra posibilidad es que logre convencerlo haciéndole una oferta tentadora. O sea que hay varias posibilidades de poder interpretar el sentido del mensaje que interceptó para conocer т, es decir para averiguar a qué aluden las palabras "iguales" y "distintos". Un protocolo clásico no es entonces seguro.

Aún si Carlos hubiera perdido la memoria y no recordara el bit de información que le había dado a Alicia, esa información habría pasado de su cerebro al medio ambiente y de allí Eva podría rescatarla con técnicas al alcance de posibles súper–espías. Inclusive la manipulación que hizo Carlos para enviarlo tiene que haber quedado registrada, por ejemplo como radiación. La conclusión es que este protocolo clásico no es inviolable. Solo son inviolables los protocolos cuánticos.'

'¿Y ya están siendo usados?' preguntó incrédulo Alberto. 'Justamente, es en ese tema en el que trabajan Kourtine y su alumno tratando de perfeccionarlos. En este caso se trata de enviar de un lugar a otro información cuántica, como por ejemplo el estado en que se encuentra el electrón de un átomo de hidrógeno, lo que quiere decir que se debe conocer su energía y demás cantidades físicas que se puedan medir con precisión absoluta. Para transmitir la información hay que mantener una comunicación clásica pero, además, hay que haber compartido un entrelazamiento cuántico.'

Conviene aquí interrumpir la breve explicación de Fatiah para aclararla un poco más. Basándose en los principios de la mecánica cuántica, Einstein y sus coautores plantearon la existencia de sistemas con entrelazamiento que no se pueden describir en términos de partículas individuales sino en conjunto, como una única entidad. El estado de una de las partículas del sistema está correlacionado cuánticamente con los de todas las demás, de tal manera que si uno quisiera cambiar el estado de una de ellas las otras deberían enterarse y cambiar de manera consistente. En realidad Einstein y compañía consideraban esto imposible, y por eso se habla de una paradoja, que implicaría una fantasmagórica acción instantánea a distancia, cosa que la teoría de la relatividad restringida no permitiría dado el límite impuesto por la velocidad de la luz a cualquier intento por superarla, como sucedería en un fenómeno que se transmitiera de manera instantánea.

'Aceptamos entonces,' siguió explicando Fatiah, 'que para enviar información utilizando las leyes de la física cuántica es necesario contar con un canal de comunicación clásico entre Alicia y Boris, y por eso finalmente la transmisión como un todo no puede ocurrir a mayor velocidad que la de la luz. Uno solo puede reconstruir la información cuando de manera clásica Alicia le transmite a Boris un mensaje, utilizando por ejemplo un teléfono celular, en el que compara los dos estados que ella tiene, el original enlazado con el de Boris y el que corresponde al mensaje que quiere enviar, para que Boris infiera cuál es el mensaje que Alicia quiere que reciba.'

'¿Pero quiénes son estos franceses?' interrumpió Alberto tratando de darse tiempo para terminar de entender el proceso clásico que le había descripto Fatiah antes de tener que enfrentar la explicación del proceso cuántico. '¿Por qué dos físicos que viven seguramente una vida tranquila en Francia están coordinando acciones con vos, aquí en la Argentina, a donde viniste simplemente a trabajar en un hospital de Berazategui?'

Sobre la existencia de Hubert Kourtine Fatiah le había ya contado que había sido uno de sus profesores en la Universidad, quizás su amante, había comenzado a sospechar Alberto. Por las palabras de Fatiah, era alguien solo interesado en publicar muchos trabajos para incluir en los informes que justificaban su sueldo como investigador, ir al mercado de Orsay a comprar alimentos orgánicos y vinos no orgánicos, dar charlas de divulgación en colegios y liceos, y no perderse una función de ballet junto a su mujer que había llegado a formar parte del elenco permanente de bailarinas de la *Opéra Bastille* en París. Ahora tenía un cargo de profesora en la *École de Danse Contemporaine* de París. Pero además de la vida familiar tranquila de Kourtine, un físico de 63 años que en apariencia esperaba ansiosamente jubilarse como físico para concentrarse en las gardenias de su jardín, estaba su sombra, la de alguien que había intervenido y lo seguía haciendo en acciones políticas y militares como las del Sahara o la de la Argentina que ya relatamos, como si fuera el agregado militar de una embajada, un diplomático encargado de mantener los lazos entre las izquierdas revolucionarias en una era de un neocolonialismo distinto, distinto al de ahora que es puramente financiero.

En cuanto a su alumno de las Casas, nieto de españoles que emigraron al final de la guerra civil, semanas después de que se desplomara la República en 1939, todo era más claro en su historia, más transparente. Cuidado por su abuela, conserje en un edificio de la *rue Caumartin* había logrado por ello hacer sus estudios secundarios muy cerca, a poco más de 200 metros de donde vivía con su abuela, en un renombrado Liceo, el Condorcet, lo que le aseguró una formación que lo llevó a poder ingresar a la *École Normale* de París, para luego comenzar su tesis de doctorado en la Universidad de París 11, en Orsay. Cualquier otra información sobre el tesista de Kourtine era ignorada por Alberto, quien parecía agotado por el largo relato aún no concluido de Fatiah y de hecho, mientras ella volvía a llenar de agua su boca, sintió algo parecido a un mareo y se desplomó desvanecido. De un salto, Fatiah estuvo junto a él posando la mano en su frente y hablándole en un tono casi inaudible.

CAPITULO 14

La maraña cuántica

Al despertar, Alberto sintió algo que parecía una lluvia de minúsculas flechas que, sin lastimarlo, resbalaban por su cuerpo como gotas de mercurio para terminar cayendo sobre el piso donde estaba tendido, a los pies de la cama en la que Fatiah, recostada, pintaba sus uñas, como siempre de un oscuro azul, sin parecer verlo allí rendido en el suelo.

Amenazantes, las flechas se unían formando un lago plateado alrededor de su cuerpo. Extrañamente, nada caía sobre Fatiah a pesar de estar tan cerca de él. En ese lago, a pesar de ser tan pequeñas, podían verse los choques de las flechas unas con otras, como sucede con esas partículas que deja ver el sol al despertar en la mañana, iluminadas por los haces de luz que pasan a través de las hendijas de una persiana. O como las partículas dentro del polen que, en ese caso con un microscopio, pudo ver en 1827 el médico y botánico escocés Robert Brown: minúsculas partículas que se dispersaban y se movían en una danza aleatoria y casi incomprensible cuando eran expulsadas de cada grano inmerso en agua.

Hubo que esperar más de 70 años desde esa observación para que se encontrara una explicación satisfactoria al llamado movimiento browniano. Pero más importante aún, gracias a esa explicación aquello que soñó Demócrito de Abdera, y que llamó átomo unos 400 años antes de Cristo, esas partículas indivisibles componentes últimas de toda la materia, se volvieron realidad para los físicos del siglo XX gracias a uno de los tantos golpes de genio que en 1905 dio Einstein.

Einstein comprendió que ese fenómeno que había descubierto Brown con partículas tan pequeñas como las que estaban en el grano de polen era similar a lo que sucedía con las moléculas de un líquido moviéndose aleatoriamente y chocando entre ellas, y que también eso tenía que pasar con los átomos que forman la materia toda cuando se movían por ejemplo en un gas.

Solo el genio de Einstein fue capaz, después de tantos siglos, de construir una ilación que llevara del polen a los átomos, de cuya existencia físicos y

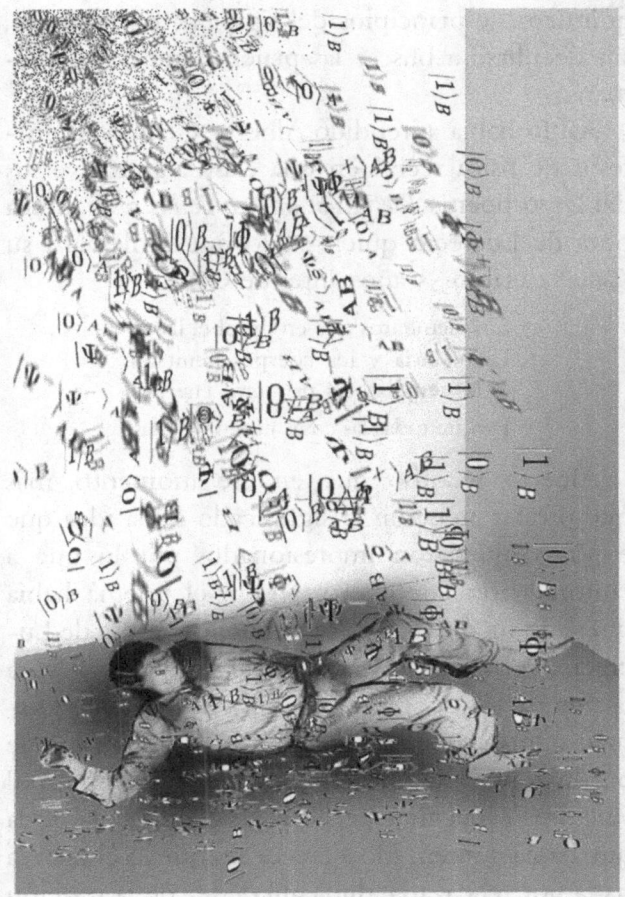

Al despertar, una lluvia de flechas que resbalaban por su cuerpo

químicos de principios del siglo xx no dudaban, sin decidirse a buscar las pruebas que lo confirmaran.

Así lo había aprendido Alberto cuando su profesor de física recitó en una clase algunos versos del largo poema *De la naturaleza de las cosas*, única obra de Lucrecio quien en lo que él llamaba su *Canto* escribió 55 años antes de Cristo

> Los elementos que en mi obra llamo
> La materia y los cuerpos genitales,
> Y las semillas, los primeros cuerpos,
> Porque todas las cosas nacen de ellas.

Alberto recordó que en ese momento, más que prestar atención al significado de la idea que exponía, quedaron impresionados por lo que a continuación contó el profesor: el poema había quedado inconcluso porque Lucilia, esposa de Lucrecio, le hizo beber un afrodisíaco que lo llevó a la muerte a los 44 años, aunque hay quienes afirman que su muerte fue debida a la locura que le produjo una poción de amor que lo empujó al suicidio. Y esa muerte llevó a Alberto a la duda que había comenzado a crecer sin que lo él hiciera nada por rechazarla, duda alrededor de la relación entre Fatiah y los franceses que se iba afianzando en su mente y en el gusto amargo en la boca que lo perseguía desde hacía varios días.

Las flechas, al llegar al suelo, se comportaban como las gotas oblongas y brillantes que forma el mercurio y que se unen unas con otras por una fuerza de atracción eléctrica que resulta ser mucho más fuerte que la de adhesión al lugar donde habían caído. Formaban entonces algo así como una única gota más y más grande, como la que mostró el profesor de la escuela de Berazategui aprovechando la rotura de un termómetro, siguiendo lo que la pedagogía que había aprendido indicaba como una de las 'enseñanzas oportunistas' a partir de un experimento fallido.

Gracias a ese accidente pretendió, sin demasiado éxito, explicar las razones de la diferencia entre lo que sucede con el mercurio y con la oportuna agua de lluvia, que se entreveía caer por las ventanas del aula. Las gotas de agua formaban en la calle una película uniforme de agua, porque en este caso las fuerzas de adhesión al suelo eran más grandes por lo que en lugar de hacer crecer una única gota, se distribuían en una capa de agua de más y más extensión.

Cada flecha al llegar al piso dejaba ver en su interior números pequeñísimos, pero que podían identificarse claramente como ceros y unos. Alguien (Fatiah?) le había intentado explicar, no recordaba cuando, que lo que lo golpeaba persistentemente eran objetos llamados kets, el plural de la palabra que se formaba con las tres últimas letras de *bracket*, la palabra inglesa que designa al par de signos que llamamos corchetes, es decir, esas gotas eran en realidad figuras abstractas, no materiales, signos que se usan en la escritura, particularmente cuando se trata de textos matemáticos, para encerrar letras o números, de manera de remarcar los 'estados físicos' de un sistema.

Los corchetes que conocía Alberto se dibujan así [ ] pero, sobre todo en textos literarios y no por casualidad también en textos de matemática, se los reemplaza por figuras angulares ⟨ ⟩. Al de la izquierda el gran Paul Dirac lo llamó 'bra', y al de la derecha que cierra el corchete 'ket'. Esos son los corchetes que utilizó Dirac para describir los fenómenos de la física cuántica. En su invención de signos las mitades derecha o izquierda de kets y bras pueden encerrar números o letras que se usan para representar estados físicos de un sistema. En este caso, $|1\rangle$ representa un ket asociado a un dado estado de un sistema cuántico, y $|0\rangle$ asociado a otro estado diferente.

Al igual que en el caso de los bits, combinando estos dos estados básicos se pueden construir otros estados más complicados, para finalmente formar, en el caso de la encriptación cuántica, un mensaje indescifrable para terceros, solo comprensible para quien lo envía y quien lo recibe. Como también sucede con mujeres y hombres, desde que nacen hasta que mueren, entre los bras y los kets existe una dualidad que hace que por cada ket $|0\rangle$ o $|1\rangle$ existe siempre un bra, que en este caso se representarían como $\langle 0|$ y $\langle 1|$. Tanto en los humanos como en la física cuántica, la asociación inversa no siempre es posible.

Alberto ignoraba que había sido el físico inglés Paul André Maurice Dirac quien introdujo la notación de bras y de kets. A pesar de tantas otras ideas geniales que tuvo Dirac y que lo llevaron, a los 29 años, a recibir junto a Schrödinger un premio Nobel ligado a la mecánica cuántica, Dirac afirmaba que entre todas sus propuestas era la notación de bras y kets que había introducido la que le parecía más perfecta. Y de hecho esa notación para los estados cuánticos de un sistema físico permite, con una simpleza asombrosa, hacer cálculos de fenómenos que, de otra manera, implicarían cálculos muy complicados.

En la física cuántica lo que llamamos estado de una partícula o de un sistema de partículas contiene toda la información accesible a quien estudie un fenómeno producido por el sistema, ya sea de manera teórica como experimental. Por ejemplo, puede conocerse por mediciones la posición de la partícula o su energía. Pero ese estado no es medible de manera directa sino que debe operarse sobre él para obtener resultados que serán comparados con los números que se obtienen de las medidas de un experimento. En la física cuántica, a diferencia de la física clásica, aquella que Galileo, Newton, Maxwell fueron estableciendo al correr de los siglos, la Naturaleza nos obliga a aceptar resultados que no son exactos, sino apenas las probabilidades de que al hacer una medida se obtenga un cierto resultado. Y algo peor: el hecho de haber hecho esa medida hace que, *a posteriori*, el estado del sistema irremediablemente e incontrolablemente se ve modificado. Escondido en esta afirmación y junto al famoso e ineludible 'principio de incerteza' de Heisenberg duerme el espíritu de la mecánica cuántica.

Para que Alberto entendiera estos asuntos, Fatiah apeló a una explicación de Max Born quien introdujo la idea de probabilidad que Schrödinger no había sabido ver, oculta que estaba en las propiedades de las soluciones de su ecuación. 'Born resaltó,' explicó Fatiah, 'la diferencia entre la física clásica y la cuántica con dos ejemplos. En el caso de sistemas macroscópicos en los que se puede aplicar la física clásica, como el de una piedra suficientemente plana que se tira al agua para hacer, al chocar con el agua, una serie de rebotes en la superficie del líquido difíciles de lograr. Lo que ustedes aquí llaman hacer un patito' aclaró Fatiah, 'pero la trayectoria de la piedra durante los rebotes tendrá una dirección no muy diferente que aquella con la que llegó a tocar apenas el agua. De este juego que los griegos llamaban hacer la ranita ya hablaba Homero, y si bien como problema de la física es muy complicado la mecánica clásica y la dinámica de fluidos pueden explicar el fenómeno de los varios rebotes, y calcular la dirección en que se irá moviendo la piedra al hacerlos de manera clásica y precisa.

Algo distinto sucede con los choques de partículas tan pequeñas que deben estudiarse en el marco de la mecánica cuántica: si se tira una partícula contra un blanco, por ejemplo un electrón que choca contra una placa de algún material, no se puede afirmar con precisión absoluta cuál es la dirección con que el electrón continuará su viaje luego del choque. Lo que solo se puede afirmar es que existe una cierta probabilidad de encontrarlo en una dada dirección, como habrá otra cierta probabilidad de encontrarlo en otra. Algo bien distinto del caso clásico de la piedra, en que podemos afirmar, con certeza absoluta, que hay una única dirección que tomará la piedra después del choque.'

Mientras Fatiah desgranaba esta explicación, Alberto recordaba que en su caída los bras y los kets describían vórtices, torbellinos en los que, como un líquido, giraban alrededor de un eje en un movimiento espiralado, algo parecido a la manera en que se escurre el agua en un lavatorio o, en grandes escalas, rota el aire en un tornado.

Como al despertar de un sueño, Alberto iba hilvanando los recuerdos de lo que vio durante el tiempo en que estuvo desvanecido. Lo primero que recordó fueron las sombras de dos personas que vestían largos impermeables y anteojos negros a pesar de que todo había sido allí oscuro, difuso. Y a pesar de ello, él pudo identificar a las dos personas a quienes ni siquiera debería conocer: Alice y Bob. No Alicia y Boris sino Alice y Bob, porque sin comprender por qué, sabía que se trataba de

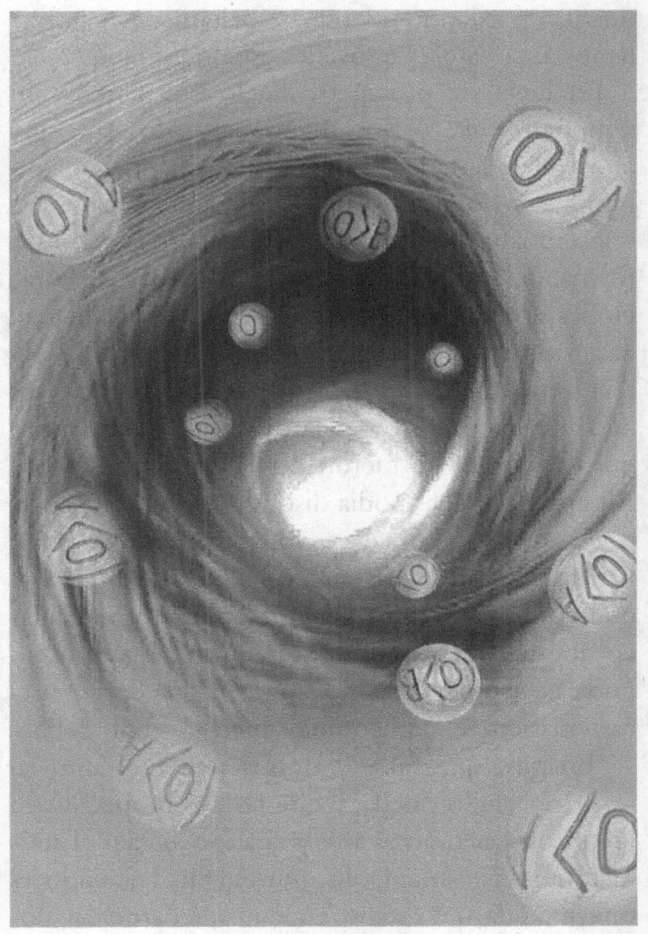

Detrás de esos vórtices, ¿las sombras de dos personas?

una pareja estadounidense. Ni británicos ni australianos: una pareja de jóvenes estadounidenses.

En lugar de protegerse de lo que parecía un temporal, Alice y Bob manipulaban los kets que encerreban estados de partículas cuánticas. Uno junto al otro, controlando cada uno cuáles kets seleccionaba y acomodaba de manera horizontal, formando series como se forman palabras y oraciones acomodando letras. Y esas series flotaban hasta apoyarse en renglones invisibles. En un cierto momento Alice y Bob dejaron de recoger los kets y comenzaron a alejarse uno del otro, tanto que sus figuras se fueron desdibujando hasta que Alberto ya apenas podía distinguir a Bob y a Alice.

'Lo que me contabas sobre tu sueño' volvió a hablarle Fatiah 'tiene que ver con la explicación que yo te había dado del entrelazamiento cuántico que permitiría comunicar un mensaje que no podría ser desencriptado, como sí sucedería en el caso clásico. Te explico nuevamente' siguió Fatiah.

'Imaginá que Alice y Bob tienen cada uno en su mano una moneda, y que las dos monedas son idénticas. Las tiran al aire y cuando al caer al suelo miren el resultado, lo que estarán haciendo es una medida del estado en que quedaron las dos monedas. Hasta que tocan el suelo solo pueden afirmar que cada moneda puede caer o del lado cara o del lado ceca. O sea que los estados posibles del sistema de dos monedas son cuatro: cara – cara, cara – ceca, ceca – cara, ceca – ceca. Ni Alice ni Bob pueden decir cuál de esos cuatro será el estado final cuando lleguen al suelo. Una vez que determinen cómo cayeron las monedas, es decir, al hacer la medida, encontrarán uno solo de esos cuatro posibles estados.'

Hasta allí Alberto no tuvo problema en entender lo que Fatiah describía. Fue en lo que siguió que la explicación se oscureció.

'Supongamos que las monedas tuvieran un entrelazamiento cuántico tal que si una de ellas cae cara, la otra irremediablemente caerá ceca. O sea, de los cuatro estados de los que te hablé, solo dos pasan a ser posibles: cara – ceca y ceca – cara. En este caso, no importa cuán lejos estén Alice y Bob al hacer el experimento. Si la moneda de Alice salió cara la de Bob necesariamente saldrá ceca. Y si se pusieron de acuerdo en hacer el experimento de manera que las monedas lleguen al suelo exactamente a la misma hora, Bob tendrá la información del resultado que obtuvo Alice instantáneamente. A partir de este fenómeno es posible enviar mensajes encriptados en los que los defectos del método clásico de encriptar resultan eliminados.

Como todo lo que tiene que ver con la física cuántica, lo que acabo de afirmar' dijo Fatiah interrumpiendo su larga explicación 'es igualmente oscuro que un *haiku* escrito en japonés para quien no estudió esa lengua.' Y de hecho, como en el caso de las traducciones de los *haikus*, Alberto apenas podía percibir el perfume del fenómeno que había presenciado en sueños y ahora analizaba Fatiah. No podía apreciar su esencia. Ni Borges que tanto los admiraba lo había logrado, visto los que intentó escribir en castellano.

Se hizo entonces un silencio durante el cual imágenes y sonidos fueron borrando la escena de aquello que quizás fue un sueño, aunque Alberto había despertado como si lo hiciera luego de un desmayo.

El teléfono de Fatiah comenzó a vibrar, ella leyó el mensaje y, como si estuviera desesperada, comenzó a recoger las pocas cosas que había en la habitación, las suyas y las de Alberto, arrojándolas desordenadamente en uno solo de los bolsos con los que habían llegado al hotel. Al ver a Alberto casi paralizado mirándola hacer, le indicó con un 'ya nos vamos' que no existía opción, que debían volver a escapar. Y el tono del 'ya' le confirmó que no tenía otra alternativa que obedecer.

Alberto la siguió como un autómata al salir de la habitación, bajar por la escalera, llegar al subsuelo y ganar la calle, sin que en el hotel se enteraran. Había un auto con una de las puertas traseras abierta. Fatiah le indicó con un gesto de la cabeza que subiera por esa puerta y ella lo hizo abriendo la del acompañante del conductor. El auto salió disparado con ese chirrido que se produce cuando se acelera brutalmente.

Nuevamente escapaban. Pero en este caso Alberto se sintió como un intruso, un espectador de una película antigua, del estilo de las de la Segunda Guerra que veía durante las vacaciones y los feriados largos en que la televisión las programaban una y otra vez. Él nunca había estado en París pero sabía de la existencia de la avenida *des Champs Elysées* por una escena de una película de esas, que había visto por primera vez en la televisión y muchas otras en su computadora. Su título en castellano es *Arco de Triunfo*. En ella, solo había quedado en su memoria la escena en la que Ravic, el médico alemán que había escapado del nazismo refugiándose en Francia, viajaba en un taxi que se alejaba del Arco de Triunfo proyectado en la luneta trasera, con los actores y sus asientos dando pequeños saltos, un truco que había cautivado a Alberto en films de aquellos tiempos, que exageraba el efecto del movimiento real en una calle empedrada.

Alberto comprendió al fin que su destino era el del doctor Ravic, que él era el doctor Ravic y Fatiah había dejado de ser Fatiah, era Joan Madou, la vagabunda a la que Ravic había protegido. Solo que en lugar de estar en una butaca de cine o un sillón frente al televisor, en este caso ocupaba el asiento trasero del automóvil, mientras la mujer sentada junto al conductor hablaba sin parar con un francés agitado y de fuertes consonantes, un acento que recordaba el de alguno de los tiempos en que el mapa del mundo tenía un de las grandes manchas rosa, el color con que pintaban los descendientes de la revolución francesa sus colonias del norte de África...

A pesar de no entender qué era lo que acordaban el conductor y Fatiah, supo que cuando el auto llegara a destino se separaría para siempre de ella, sin siquiera brindar como Ravic y Joan Madou cuando tomaron el último trago de calvados al despedirse en el Café Glacier del *boulevard Canebière*.

La sombra de ese filme había estado escondida en su memoria por 15 años y en ese viaje se de-

La casa de Celoman

rrumbaba sobre su propia historia, mientras el taxi avanzaba a gran velocidad por la avenida 1 de la ciudad de La Plata rumbo a la esquina de la calle 47, ignorando los semáforos en rojo que parecían querer detenerlos en cada esquina. Y así llegaron, en menos de dos minutos, escapando nuevamente, a la casa de Celoman.

CAPITULO 15

Final

Mickey Celoman formaba parte del equipo de arquitectos ingleses de la compañía Parr, Strong & Parr de Londres que había diseñado en 1883 el nuevo edificio para la estación cabecera de Constitución 11 de Buenos Aires.

Bisabuelo de Sidney, Mickey Celoman había ya comprado un terreno en lo que sería el barrio Inglés de la ciudad de Buenos Aires, ubicado en Caballito, y había contratado a uno de los tres famosos arquitectos que construyeron casi todas las residencias de ese barrio. Pero antes de que la obra comenzara debió mudarse a la recién fundada ciudad de La Plata para formar parte del equipo que se encargaría de la construcción de la estación de ferrocarril de las esquinas de diagonal 80 y avenida 1. Los planos preparados para la casa en Caballito, modificados por el renombrado Adrián Sini Molena, fueron entonces utilizados para la casa de la ciudad de La Plata, que se construyó en la zona cercana a la esquina en que se cortan las calles Entre Ríos y Manuel Rocha más conocidas en La Plata como calles 47 y 115.

Cien metros antes de donde se ubicaba la casa de Celoman el conductor se detuvo, ya que ni Fatiah ni el conductor conocían la dirección exacta. Fatiah bajó del automóvil sin decir palabra, lo rodeó y se despidió secamente de su amigo. Alberto entendió que también debía bajar y sin esperar que la puerta trasera estuviera completamente cerrada el conductor partió girando en U violentamente para desaparecer en cuestión de segundos. Casi corriendo Fatiah avanzó hacia la calle 116 hasta que se detuvo al identificar la casa cuya foto tenía en su teléfono. Alberto la siguió llevando el pesado bolso y llegó casi sin aliento a pesar de tratarse de no más de 100 metros que los separaba de la casa.

No fue fácil descubrir la pequeña campana llamador escondida por la desordenada hiedra que casi la cubría. Costó hacerla sonar, atascada como estaba por la herrumbre del badajo. Como nadie aparecía respondiendo al llamado, volvieron a hacer sonar la campana, esta vez más largamente.

Fue entonces que se abrió la puerta inmediatamente, como si alguien, pensó Alberto, hubiera estado observándolos por el mirador de la enorme puerta de entrada a la casa sin responder al primer llamado.

El hombre, que sin duda era Sidney Celoman, apareció parado casi en puntas de pie sin terminar de abrir completamente la puerta. Un descuidado jardín separaba la casa del portón donde esperaban los fugitivos. Con una voz apagada como la de los actores ingleses en las escenas de charla frente a la chimenea, Sidney les anunció que se había vuelto ateo y que no recibiría los folletos de ninguna de las iglesias evangelistas cuyos representantes pululaban por la zona regalando a vecinos y estudiantes de las facultades de Ingeniería y de Arquitectura minúsculos libritos con alguna de las tantas versiones del Nuevo Testamento, en edición bilingüe portugués–castellano, junto a coloridos folletos con alguna de las imágenes de la cara que los evangelistas imaginan a Jesús estampada en un blanco brillante y rodeada por un halo color dorado que representaba la evidente radiación de los halos de los *comics*, versión posmoderna de los mosaicos bizantinos, solo que influida por un estilo que podía definirse texano. Celoman ni siquiera fingió la supuesta confusión. Era fácil adivinar que sabía quiénes eran los visitantes.

Bastó que Alberto comenzara a responder 'Nos envía su amigo' para que Sidney se lanzara casi corriendo para llegar antes de que el nombre de Geoffroy fuera pronunciado. Logró llegar a tiempo, dando saltitos para no tropezar con el largo ruedo de su amplia y raída *robe de chambre* color bordó, que dejaba ver un deshilachado pijama con rayas blancas y rosas. Abrió ampulosamente los brazos para recibirlos en abrazos que nunca se concretaron ya que al llegar a centímetros de donde estaban parados los visitantes se detuvo. Si no hubiera sido por la redondez de su cara, todo, sus bigotes, su pelo igual de desordenado que la hiedra que cubría el frente de la casa, sus ojos saltones, el desaliño y la sonrisa ambigua recordaba al otro Alberto, el gran físico que en su camino a La Plata debió detenerse en Berazategui para charlar con el abuelo de Alberto. Los hizo entrar a la casa y cerró con doble llave cada una de las tres cerraduras que aseguraban la puerta.

El desorden que reinaba en el interior parecía el de los decorados de las obras de teatro cuyo protagonista principal era un sabio loco que deambulaba en el escenario logrando insistentes risotadas del público. No desentonaba en esa posible actuación la manera desaprensiva en que Sidney sostenía un cigarrillo mentolado cuyo perfume se unía con el acumulado por más de 30 años de fumar exactamente tres paquetes diarios, formando una ya permanente y teatral bruma azul como la que producen los reflectores en los escenarios londinenses, sobre todo cuando se trata de la representación de alguna de las novelitas de la señora Christie, de esas que se ofrecen indefinidamente, de manera de superar año a año el número de representaciones sin que nadie imagine siquiera desbancarlos del también londinense y deplorable libro de récords ligado a la cervecería Guinness.

Celoman les indicó un largo sofá de gastada pana roja, plagada de pequeñas manchas, en su mayoría de quemaduras de cigarrillo. Sentados en los extremos del sofá, Alberto y Fatiah debieron esperar a que Sidney preparara lo que ambos pensaron, por los sonidos que llegaban de una habitación lejana, sería un té. Pero Celoman volvió con tres tazones de fina cerámica inglesa, una jarra de ancha boca del mismo juego y tres pequeños platos con cinco aceitunas negras cada uno. 'Esta es una sidra que hago traer de Francia. Suave y perfumada como solo los bretones saben fermentar,' indicó mientras acercaba la bandeja para que los recién llegados tomaran sus jarras. Fatiah lo hizo sin dudar, esbozó un gesto de brindar y bebió de un trago el contenido, que no era mucho. Alberto hizo un gesto para rechazar la bebida pero Celoman insistió tantas veces como fue necesario, y finalmente logró su cometido.

Por su manera de actuar desde que abrió la puerta, parecía que Sidney Celoman pretendiera ignorar por completo la urgencia de la visita, pero no su importancia ya que solo en casos extremadamente graves el farmacéutico le enviaba gente madura que necesitaba ayuda, generalmente súbditos del Reino Unido y no, como en este caso dos jóvenes que, por su aspecto, ni siquiera parecían europeos.

Recién cuando las tazas y platos estuvieron depositados en pequeñas y extrañas bandejas apoyadas en las faldas de los visitantes, y sin que mediara pregunta o comentario, comenzó a responder cuestiones que sus visitantes aún no le habían planteado. Además de descorchar la sidra seguramente había consultado nuevamente al farmacéutico (su memoria flaqueaba) para que le repitiera los motivos de la visita. Porque lo de anunciar que no quería charlar con los supuestos evangelistas cuando abrió la puerta de su casa había sido, como Alberto había adivinado, una actuación para un vecindario en el que, en los últimos diez días, habían aparecido demasiadas caras nuevas.

'Hay quienes piensan,' comenzó lo que sería un largo monólogo solo interrumpido por múltiples carraspeos, 'que como las ecuaciones de la teoría de la relatividad general de Einstein admiten soluciones del tipo *wormhole*, y yo sigo utilizando la palabra inglesa pues agujero de gusano me parece un tanto necrófilo y completamente inadecuado,' aclaró, 'tales soluciones tienen que servir para describir algún fenómeno que tenga lugar en la Naturaleza, como sucede con toda solución de cualquier ecuación suficientemente bella desde el punto de vista matemático, como observó tantas veces Paul André Maurice con quien solo mantuve un encuentro, en la isla de Erice, en una conferencia en la que se festejaban los 50 años de su propuesta sobre la existencia de monopolos magnéticos y, a la par, su cumpleaños número 79.'

Luego de un respetuoso silencio, continuó. 'El haber discutido con Dirac en aquella ocasión sobre el rol de la belleza en la ciencia me permitió desentrañar de manera definitiva el concepto de belleza al que se refería Paul André Maurice. Y es por eso, no por las publicaciones tan avaras de poesía, que yo discrepo en parte con Gerard 't Hooft quien, aprovechando el peso de su bien ganado premio Nobel, opina hoy en contra de la existencia de supuestos túneles de gusanos en el espacio–tiempo curvo. Podrán ser soluciones de las ecuaciones de la bella teoría de la relatividad general de Einstein. Pero es bien sabido que para que un holandés se acerque a la belleza tiene que ser bastante psicótico y Gerard 't Hooft, en contraste, es el hombre más cuerdo del planeta.' Y rio fuertemente festejando la supuesta justeza de su afirmación.

Desviándose del asunto principal siguió refiriéndose a 't Hooft. 'Lo mismo le sucedió con la supersimetría, una bella teoría que parece no haber apreciado a pesar de que de una manera tan económica, esa es la palabra, económica, describe al mismo tiempo las partículas que forman la materia de todos los cuerpos, incluidos los nuestros, y las interacciones, o sea las fuerzas que hacen que esos cuerpos, en particular los nuestros, sean macizos en lugar de integrar la sopa que constituiría el cosmos.

Pobre Gerard, tuvo que retirar antes de su publicación un artículo en el que afirmaba que la supersimetría, a la que en familia llamamos Susy, era inconsistente desde el punto de vista cuántico.

El agujero de gusano

En un corto *preprint* titulado *Errare humanum est* describió el error que había cometido ¡usando el método de regularización dimensional, justamente aquél que lo había vuelto famoso cuando apenas tenía 25 años!'

Con un tono triste que se fue volviendo optimista Celoman siguió desviándose del tema del encuentro 'Claro, es cierto que después de más de 40 años de descubierta como posibilidad matemática, y a pesar de su belleza, la supersimetría sigue sin manifestarse en experimento alguno. Pero con la partícula de Higgs, no del dios de vaya a saber qué secta, pasaron aún más años hasta que se dignó aparecer. Con la supersimetría, espero estar vivo cuando ello suceda aunque las chances decrecen con el correr de los años' concluyó sin que quedara claro si se refería a las chances de la supersimetría o de estar vivo cuando eventualmente fuera descubierta en algún experimento.

La larga parrafada terminó con la cabeza de Sidney oscilando a izquierda y derecha, en un movimiento que parecía dar la razón a 't Hooft y no a la supersimetría.

'A pesar de todo,' continuó luego de haber recuperado primero el aire y luego el humo mentolado que aspiraba desganadamente, 'con 't Hooft mantenemos una nutrida correspondencia sobre el asunto. Él descree del rol de la belleza matemática de las ecuaciones que rigen el Universo todo. No niega la cantidad de casos en los que fue la belleza la que guió a los físicos en sus construcciones más notables, surgidas no de la búsqueda de explicación de algún experimento sino de la atracción que ejerce esa belleza. Se equivocan quienes la acusan de forzar a ahogarse a los Narcisos de la física, desesperados al no poder atrapar la imagen reflejada en las aguas de una fuente, o un estanque, o un arroyo, hay tantas versiones diferentes… sin comprender sus autores que en realidad lo que Narciso quería atrapar no era la belleza de su imagen sino lo que su madre Líriope veía en él, como bien afirma Jacques. Pero claro, tampoco él se ahoga, y me refiero a Lacan, como tantos otros en la Madre, escrita con la M mayúscula que utilizó Ed Witten para la teoría que propuso en 1995 de manera de unificar las innumerables teorías de supercuerdas en una sola representada por la M de lo innombrable, ¿la Madre, el Monstruo, la Magia, la Membrana, el Misterio?'

Por el tono de su pregunta, era evidente que Sidney creía tener la respuesta al acertijo que obsesionaba a todo Princeton. Cada vez más exaltado continuó: 'Lo que sucede es que cuando se proponen teorías o modelos cuánticos que por su belleza nos paralizan, pensamos que, como todo lo bello, tiene que ver con las leyes ineludibles de la Naturaleza cuando son escritas en términos matemáticos. De hecho, esa parálisis que produce la belleza nos lleva irremediablemente a elegir la M de Madre como les sucedió a Narciso y a su Madre. ¿A qué otra cosa podía referirse Edward sino a la Madre cuando conjeturó, en una conferencia de 1995, yo estaba allí en California, la posibilidad de la famosa teoría M. Eran tiempos en que los físicos teóricos estaban poseídos por objetos matemáticos que llamaban "branas", especie de sábanas en la arrugada cama de nuestro Universo, superficies de diversas dimensiones que aparecen en las teorías de cuerdas.'

Volviendo a la teoría M, afirmó: 'Las otras palabras con M que a veces le atribuyen no describen correctamente a esta teoría que podría ser finalmente la Teoría del Todo. Se equivocan como lo hacen los franceses cuando, queriendo descubrir la razón de un robo, de un asesinato, de algún asunto turbio, recomiendan "*Cherchez la femme*". Si fueran apenas más profundos, digamos como los incas de las Galápagos, deberían hablar de "*Cherchez la*

Mère". *

En resumen, si la descripción matemática de un fenómeno es bella, ese fenómeno tuvo, tiene, tendrá que ocurrir. Pero 't Hooft critica a esa postura como una deformación profesional que tendría que ser combatida cuando de la gravitación se trata. Y escribe y habla y habla como si ignorara que la teoría de la relatividad general es una bella teoría clásica que pareciera tener horror de travestirse en cuántica.'

Y continúa incansable Sidney: 'Según escribe 't Hooft en uno de esos libritos de divulgación —todos los libros de divulgación son libritos— los autores de ciencia ficción parecen enamorados de los agujeros de gusano, como designan, obscenamente, los traductores españoles a los *wormholes*. Pero todo lo que hay hasta ahora, tararea el sabio holandés, es la certeza que desde el punto de vista de la física el fenómeno de los *wormholes* no puede ser descripto mediante cálculos, que son lo que hacemos los físicos en contraste con los astrólogos, los curanderos de la supuesta medicina cuántica, y demás charlatanes que apenas tartamudean palabras, frases, y que hoy están tan de moda entre

---

* N. del A.: En francés en el original, *cherchez*: busque; *femme*: mujer; *mère*: madre.

las gentes de este país y, sobre todo, en quienes los gobiernan.

Esa es la razón por la que él, 't Hooft, descarta su existencia, lo que para su asombro no hacían Sidney Richard Coleman o Stephen Hawking, que la defendieron hasta sus respectivas muertes.

Bien sûr* las razones de mi cuasi tocayo Sidney fueron más valederas que las del famosísimo británico. Y sin embargo en sus últimos días Coleman estuvo perdido en una de esas enfermedades del olvido que terminó impidiéndole, a pesar de los esfuerzos de su esposa Diana, una santa, ser capaz de multiplicar dos dígitos sin equivocarse... Pero pobre de aquel que quisiera discutir con él en las décadas del '70, del '80, del '90... En cuanto a Hawking, es interesante notar que ya se publicaron dos trabajos desde su muerte y sospecho que algunos otros seguirán apareciendo, lo que quizás haga que el Vaticano inicie algún proceso de canonización de quien fuera miembro permanente de la Pontificia Academia de las Ciencias.'

Fatiah se hartó de las divagaciones de Sidney y tuvo que gritar casi para interrumpirlo y señalarle la urgencia que tenían, y la necesidad de saber si había alguna chance, como lo había insinuado el

* N. del A.: En francés en el original, 'por supuesto'.

farmacéutico, de encontrar en las cercanías el agujero de gusano que originalmente Celoman había previsto en sus cálculos y transmitido a alguno de sus colegas en Francia y a su amigo, el farmacéutico de Sourigues.

Mirando fijamente a Celoman, Fatiah insistió: 'Ese agujero podría llevarnos lejos, muy lejos, a un lugar tan distante de la Tierra al que quienes me buscan nunca podrían llegar a tiempo, pues tendría, según cálculos supuestamente infalibles, una vida corta pero suficiente como para atravesarlo antes de su desaparición. Pero, ¿ustedes están seguros de que su tamaño no sería tan pequeño como el de los otros posibles agujeros de gusano discutidos recientemente, cuyo radio debería ser parecido al que se atribuye al tamaño del electrón, o sea menor que 0,0000000000003 centímetros, por lo que a nivel del reino animal directamente se le puede asignar las dimensiones de un objeto puntual?'

Alberto asintió a estas últimas palabras y al descubrir el gesto, Fatiah esbozó una sonrisa triste y continuó:

'Por eso nos debe explicar, de manera precisa, de qué tipo de agujero de gusano atravesable estamos hablando. Y luego de esa explicación, quiero saber si es cierto lo que su amigo Geoffroy nos aseguró sobre su afirmación de que muy cerca de esta casa, más precisamente entre las vías del tren y la Facultad de Arquitectura que está a pocos metros de aquí, podríamos llegar a la boca de entrada del agujero de gusano antes de que desaparezca.'

Sidney Celoman no pareció importunarse por la interrupción de Fatiah, ni por el tono autoritario, ni por su uso de la palabra agujero de gusano, ni por la posible dificultad de dar una respuesta precisa. Inició lo que sería otra larga explicación que aquí resumiremos en beneficio del lector que se inquietaría con los desvíos habituales con los que Celoman respondía siempre.

Comenzó, para enojo de Fatiah, por recordarles que un agujero negro es una de las soluciones de las ecuaciones de la relatividad general de Einstein. 'Se trata de una solución que tiene una superficie, el horizonte, cuyo interior no puede comunicar con el Universo externo. O sea, es como una membrana, un filtro que funciona en una sola dirección: un viajero puede caer dentro del agujero negro pero no pueden emerger de él, o sea que un viaje de ida y vuelta para conocer el interior del agujero negro es imposible.'

Todo esto ya lo sabemos quienes tenemos en

nuestras manos o en nuestros monitores estas páginas, así que apenas nos detendremos en algunos de los innumerables detalles que repetía, incansable y monótono, Sidney.

'Pero existen objetos tanto o más extraños que los agujeros negros, que también son solución de las ecuaciones de Einstein. Se trata de las soluciones llamadas agujeros blancos, que tienen algo que podría designarse como un anti–horizonte, un horizonte de eventos pasados, superficies de las que pueden emerger objetos pero no atravesarlas en sentido entrante. Una membrana como la del agujero negro pero que funciona en el otro sentido' y rió fuertemente.

Al ver que no era acompañado por las risas de sus dos oyentes, siguió. 'Se trata de soluciones de las ecuaciones de Einstein, poco estables, que se dan en condiciones muy peculiares. Bastaría que el rayo de luz emitido por una pequeña linterna fuera dirigido adecuadamente hacia ese agujero blanco para que los fotones que lo forman y que apuntaran a la boca de entrada se fueran acercando cada vez más al horizonte, y al hacerlo ganaran más y más energía, su luz se volviera más y más azul, y finalmente con el aporte necesario de energía el anti–horizonte terminaría convirtiéndose en el horizonte "normal" de un agujero negro.'

Esta vez fue Celoman quien miró fijamente, desafiante, a Fatiah para plantear que 'si admitimos entonces que en una dada región de nuestro universo hubiera un agujero negro con su interior lleno de partículas que cayeron en él. Y, en otro universo, hubiera también otro agujero, pero en este caso blanco, es decir, uno de los que escupen desde su interior partículas y radiación que podrían ser tragadas por el agujero negro. En este caso podríamos esperar que existiera algo así como un túnel uniendo al agujero negro con el blanco, o sea el negro actuaría como garganta de entrada y el blanco de salida respectivamente. Uniendo lo que podríamos llamar un "universo" con otro "universo".'

Un observador de un dado universo que cayera en el agujero negro podría ver entonces luz emitida por el agujero blanco desde el otro universo. Y así también partículas emitidas desde el interior del agujero blanco podrían escapar de su universo a otro por la garganta de estos túneles cavados en lo que llamamos el hiperespacio, en el que se haya el conjunto de universos, el multiverso. Este hiperespacio incluye los espacios de los distintos universos, siendo un mínimo de dos en este caso, pero que podría ser mucho mayor. De hecho, en otro contexto, un problema central de las teorías de cuerdas es que predicen la posibilidad de que el número de universos posibles, con sus propios espacio−tiempos y sus propias leyes físicas, llegue a ser 10^{500}, ¡el número 1 recién aparecería luego de 500 ceros! Aunque hay quienes afirman que la mayoría de estos universos son inconsistentes desde el punto de vista matemático, no son muchos los cuerdistas que tengan algo en contra de la existencia de unos pocos universos.' Celoman se detuvo para encender el infaltable cigarrillo mentolado que necesitaba en su mano para poder hablar y continuó.

'Al túnel entre dos universos se lo conoce como el puente "ER" por Einstein y Rosen, quienes redescubrieron este tipo de solución de las ecuaciones de Einstein casi 20 años después de que el pobre Ludwig Flamm publicara un comentario sobre la teoría de gravedad de Einstein con los mismos resultados, pero en el que nadie pareció interesarse hasta que los tocó el arco mágico del violín de Einstein.

Por supuesto la inestabilidad de los agujeros blancos de la que les hablé, sumada a otras inestabilidades de origen cuántico de los *wormholes*, el nombre popular de estos túneles, hace muy difícil encontrar una manera de que puedan estabilizarse y durar un tiempo razonable, con lo que razonable quiera decir. Pero existen posibilidades como la que propuso el físico J. Bardeen.'

En este punto de su explicación, Sidney tomó uno de esos desvíos que hacían estallar a Fatiah pues comenzó una detallada descripción de la familia Bardeen. 'Hablo de uno de los dos hijos físicos de J. Bardeen padre, aclaró Sidney. Es el padre el más famoso de los tres Bardeen por sus investigaciones en semiconductores que llevaron al descubrimiento del efecto transistor, por lo que se le otorgó el primero de los dos premios Nobel de física que obtuvo. La función del transistor, minúsculo frente al tamaño de las válvulas que usaban hasta entonces las radios, es la de amplificar señales, lo que permitió fabricar radios y aparatos electrónicos cada vez más pequeños. Notablemente, el otro gran descubrimiento de Bardeen padre tiene un nombre ligado al primero. Basta reemplazar "semi" por "súper". Y esos segundos trabajos premiados con el Nobel tienen que ver con la elaboración de una teoría microscópica para explicar el comportamiento de ciertos materiales llamados superconductores porque exhiben resistencia eléctrica nula y expulsión total, en algunos casos, de campos magnéticos.'

Por primera vez comprendió que se estaba yendo del tema que interesaba a Fatiah y volvió al asunto de los *wormholes*, que uno de los hijos de Bardeen describe para un espacio–tiempo en el que casi seguramente el túnel no pudo haber sido creado de manera natural. Pero que uno puede suponer que una civilización avanzada pudo construir. Según esa solución, si un viajero pudiera pasar por ese túnel ajustando su trayectoria adecuadamente podría aparecer en la otra boca del túnel donde y cuando lo decidiera. A este tipo de túneles los llamamos 'atravesables'.

'Pero lo que nos interesa a nosotros,' concluyó por fin Celoman 'son otras soluciones muy simples de las ecuaciones de Einstein de la relatividad general, y que también corresponden a *wormholes* atravesables. Estas soluciones fueron descubiertas por mi amigo Kip Thorne y colaboradores, entre los que me cuento, hace más de 25 años.

Las soluciones que describió Kip tienen la simetría de las esfera y no dependen del tiempo, obedecen en todas partes las ecuaciones de Einstein, tienen una "garganta" que conecta dos regiones, una en cada uno de dos universos. Esas regiones, localmente, no tendrían curvatura como no la tiene la geometría del espacio del que nos hablan en el colegio. Es decir, corresponden a un espacio plano como el que los físicos usaban para describir a nuestro Universo hasta que Einstein en 1916 mostró que el asunto era más complicado. Pero claro, puede haber regiones en las que el espacio se acerque cada vez más al caso plano. A eso yo lo llamo localmente plano, aunque como insiste mi amigo Richart Gambao Rasaví lo correcto sería traducir del inglés los términos que usamos, *flat space*, por espacio llano, no plano, que no es lo mismo.'

Ante tanto detalle, incluido el irrelevante, Fatiah parecía estar ahora en un estado más allá del estallido. Alberto trataba de calmarla tomándola de las manos pero ella las retiraba con cierta violencia. Cualquier contacto entre ellos se hubiera vuelto imposible.

'Además esas regiones espaciales planas no deben tener horizontes. O sea, nada de agujeros negros o blancos en este caso.' Mientras explicaba esto Sidney Celoman se paró, tomo en su mano izquierda una de las muchas tizas de colores que había sobre una pequeña mesa llena de ceniceros rebosantes de colillas y como si fuera muy nor-

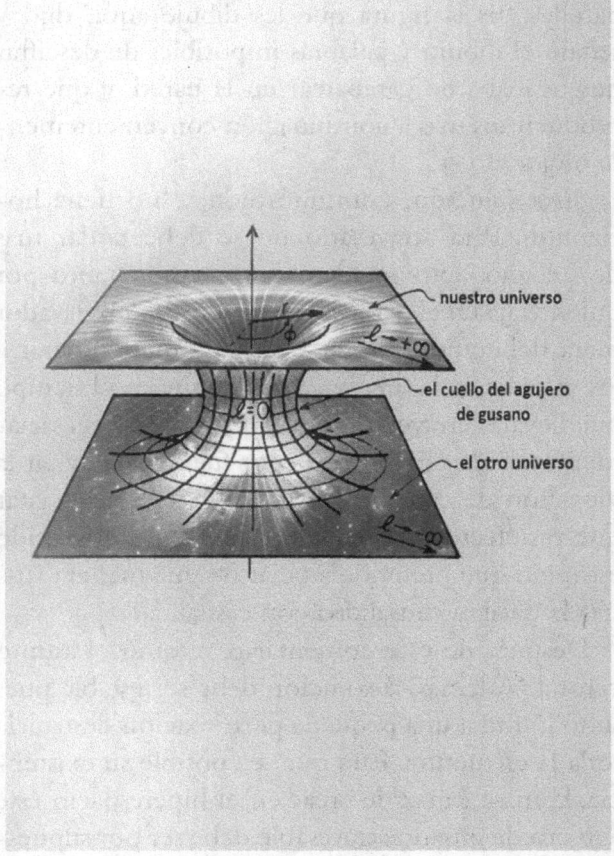

nuestro universo

$\ell = +\infty$

el cuello del agujero
de gusano

$\ell = 0$

el otro universo

$\ell = -\infty$

El esquema que Celoman dibujó en la descascarada
pared

mal comenzó a dibujar en una de las descascaradas paredes. 'Es la figura que les dibujé aquí,' dijo y señaló el dibujo y palabras imposibles de descifrar que acababa de garabatear en la pared, y que reproducimos más a continuación convenientemente mejorado.

'Esta solución,' continuó Sidney, 'no tiene horizontes. Para atravesarlo no se debe tardar más de un año, aproximadamente, medido tanto por quien viaja en el exterior como por un observador fuera del agujero de gusano que quiera esperar a los viajeros en la otra boca. Por supuesto, el tiempo que llevaría atravesarlo por dentro debe necesariamente ser más grande que por fuera, para evitar la violación de causalidad. Esto se exige para evitar que un efecto preceda a su causa y no el sentido estúpido que pretende asociar de una manera rústica la palabra causalidad con casualidad.'

Después de este comentario, retomó el asunto central. 'Además, la solución debe ser estable pues si no lo fuera una pequeña perturbación destruiría toda la estructura. Para que sea posible su existencia, la masa capaz de crear en el hiperespacio este agujero de gusano atravesable debe ser por supuesto menor que la masa total de los universos que conecta, y debe tener una edad menor que la de ellos.

Notablemente, estos agujeros de gusano deberían estar ensamblados como una maqueta de un edificio. Y su construcción requeriría mucha menos masa de materia ordinaria que la masa observable de nuestro Universo, que en kilogramos es de 10^{53}, ¡un 1 seguido de 53 ceros! Y una edad mucho menor que la de nuestro universo, que según los cálculos más recientes que estamos usando tanto Kip como yo corresponde a 13,8 miles de millones de años.

La condición más complicada para su existencia es que la masa necesaria para construirlo tiene que corresponder a una materia exótica, que en lugar de ejercer una atracción gravitatoria como la de las masas que conocemos debe producir una repulsión gravitatoria. Esto en los tiempos lejanos en que Kip hizo esta propuesta era bastante revolucionario, pero hoy sabemos que existen materia y energías que llamamos oscuras, que detectamos de manera indirecta ya que son oscuras porque no las podemos ver como vemos a una estrella por la luz que emite. Se las llama oscuras porque no emiten radiación. Y que son muy extrañas.' Se detuvo después de esta larga explicación, bebió hasta la última gota de cidra y, después de dejarla en el suelo al lado de su sillón, retomó su interminable explicación.

'¿Por qué entonces no aceptar que también existen fuerzas de repulsión gravitatoria, como las que propuso mi amigo Paul Steinhardt, una quinta fuerza que se agregue a las cuatro conocidas y que pueda ser repulsiva o atractiva? Esta quinta fuerza se conoce como "quintaesencia", como los griegos llamaban al éter, un quinto elemento que supuestamente llenaba el Universo y completaba los otros cuatro conocidos como tierra, agua, fuego y aire. En el contexto de la cosmología la quintaesencia se agregaría a los cuatro tipos de materia, o de formas de energía: la bariónica que forma los átomos, los fotones y los neutrinos del fondo cosmológico, y la materia oscura.

O como Alcofribas Nasier, el anagrama que como ustedes deberían saber, jovencitos, utilizaba François Rabelais como seudónimo, designaba a la quinta esencia en alguno de sus escritos, definida irónicamente según el gran clérigo anti–clerical como aquello que es lo mejor que se puede extraer de un objeto o de una idea, la sustantífica médula, según su metáfora basada en lo que los guaraníes llaman el *karakú*.

De hecho, sabemos también desde hace no tanto

tiempo que el espacio no solo se está expandiendo sino que lo hace aceleradamente. Es decir que las galaxias en el cosmos se alejan de la Vía Láctea no a velocidad constante sino cada vez más rápidamente. Una explicación posible a este fenómeno seria la existencia de fuerzas gravitatorias repulsivas, no atractivas como la fuerza de la gravedad que nos mantiene atados a la Tierra. A esas fuerzas repulsivas las proveería la quintaesencia.

Bien, volviendo a los agujeros de gusano, esto equivaldría a contar con una energía negativa, justamente la necesaria para crear un agujero de gusano como el que pensamos que aparecerá aquí, en medio de los pastos que cubren la vía del tren Universitario. Esa energía es suficiente para mordisquear y plegar el espacio construyendo el *wormhole*. Y una vez construido ¡pum! usted entra aquí y va a salir vaya a saber dónde,' concluyó mirando fijo a los ojos de Fatiah como si Alberto no fuera de la partida. Después de un corto silencio, Celoman volvió a su interminable discurso.

'¡Claro que para hablar de este asunto uno tiene que responder a la pregunta de si alguna región del espacio puede contener menos que nada! El sentido común diría que no. Lo más que uno podría lograr en una de esas regiones es sacar toda la

materia y la energía y dejarla vacía. Pero la física
cuántica contradice muchas veces la intuición, y
lo que los lectores y demás *trolls* designan sentido
común, que es la muleta en la que apoyan sus des-
membrados cerebros cuando escriben sus esper-
pentos y comentarios de los artículos de ciertos
diarios.'

Fatiah no conocía la palabra 'esperpento' por lo
que miró desorientada a Alberto, quien trató de
aclarárselo con gestos de sus manos sin que Celoman interrumpiera su explicación, aunque había
notado la distracción de sus oyentes y subido el
tono de su voz por ello.

'Además, es cierto que el ensamblado del que
hablo tiene que ser una tarea un poquitín complicada, pues implica cambiar en una dada región
la estructura del espacio, como lo es por ejemplo que de no existir agujeros o nudos de tubos
en el espacio se pase a tenerlos. Esto en la teoría
de Einstein, que es una teoría clásica, es decir no
cuántica, implicaría la existencia de singularidades.
Pero la cosa cambiaría si pudiéramos hacer una
teoría de la gravitación cuántica, y yo y mis amigos estamos en eso, cada uno por su lado. En la
teoría cuántica podríamos describir regiones muy
pequeñas, del orden de $1,6 \times 10^{-13}$ centímetros, en

las que el espacio se vuelve una espuma que puede tener conexiones como las que necesitamos. Claro, después deberíamos inflar esas conexiones para que el tamaño fuera acorde al de los humanos... pero en la construcción de los universos hay fenómenos que somos incapaces de replicar. Nuestro cercano y esperanzador *wormhole* podría ser uno de ellos, que estaría a cargo de la Naturaleza, no en nuestras manos.'

Durante los últimos minutos de la charla de Celoman, Fatiah había visto palidecer a Alberto y temiendo que se desmayara se acercó a él en el largo sofá en que ambos estaban sentados, lista para sostenerlo. Hacía varios minutos que Alberto había estado haciendo esfuerzos por no desvanecerse y nada había escuchado de las explicaciones finales de Celoman.

Fatiah supuso que Alberto estaba agotado por lo que habían vivido los últimos días, la huida de Berazategui, los hombres que estaban tras de ella, la larga y complicada explicación de Celoman y la posibilidad de aprovechar el agujero de gusano para escapar sin saber cuál sería su destino, no ya en cuál ciudad se esconderían, en cuál país, en cuál planeta, sino en cuál universo terminaría su escape. En ese momento, mientras le tomaba las manos frías y húmedas entre las suyas, Alberto se reclinó lentamente hasta que su cabeza encontró el brazo del sillón. Fatiah no intentó siquiera despertarlo. Entrar con él a ese túnel que los llevaría a lo desconocido sería derrumbarlo definitivamente, sumergirlo en un estado autista del que no podría escapar, justificó en su mente.

Celoman, asombrado, dejó de hablar y el gesto de Fatiah fue suficiente para comprender lo que estaba sucediendo. Caminó como un autómata hacia la puerta de entrada a su dormitorio y, sin siquiera cerrarla, cambió su *robe de chambre* por un largo sobretodo negro.

Regresó en pocos segundos e indicó a Fatiah lo siguiera hacia un pequeño jardín trasero, y ella sin mirar hacia atrás ni recibir indicación alguna caminó tras Celoman, pasó por una oxidada puerta que se abría sobre la calle. Logró alcanzarlo ya en la esquina que moría en un extenso campo alambrado. A cierta distancia podía verse una serie de fardos de alfalfa que formaban los muros de un largo pasaje, casi un túnel, que parecía extenderse por hectáreas. Esos fardos no tenían razón alguna de estar allí, donde no había cultivos ni animales.

No hizo falta indicación alguna. Celoman levantó uno de los alambres dejando que Fatiah pasara y lo dejó caer cuando ella, ya dentro del campo, comenzó a caminar hacia el nebuloso hueco en el que comenzaba el túnel de fardos. Cuando la vio entrar en él, Sidney Celoman hizo un gesto que pareció un saludo militar y volvió sin apuro sobre sus pasos.

Ya en su casa encontró a Alberto sentado en la cocina, revolviendo lentamente el café instantáneo que se había preparado al despertar. Celoman llamó un taxi y en pocos minutos despidió a Alberto, prometiéndole noticias en caso de que las tuviera. Nada le informó de la partida a Alberto, quien tampoco hizo pregunta alguna. Salió de la casa, abrió la puerta del viejo taxi Siam di Tella pintado de negro y amarillo que esperaba en la puerta, y se hundió en el asiento trasero cubierto por un ajado y amarillento plástico a medias transparente.

*

Alberto nunca recibió noticias de Fatiah, quien tampoco se las había prometido. Durante los primeros meses luego de su regreso a Berazategui algunas mañanas repitió el camino por la calle del Líbano rumbo al Politécnico, como aquella en que encontró a Fatiah en la esquina de la calle 18. Luego las caminatas se espaciaron y los recuerdos se fueron desdibujando. Solo los árboles, las bicicletas y el cielo azul de las mañanas de diciembre en Berazategui quedaron inmutables como testigos de aquel primer encuentro.

• FIN •

Un taxi con un ajado plástico amarillento que cubría el asiento trasero

.SCHAPOS.
PUBLISHING